MAKEN NO DAYDREAMER

魔拳のデイドリーマー 9

NISHI OSYOU

西 和尚

ILLUSTRATION : Tea

主な登場人物
シェリー・サクソン
炎の魔剣を操る冒険者。
ダークエルフの上位種族で、
激しい戦闘を何より好む。
エルク・カークス
成長著しい努力家
タイプの美少女冒険者。
ミナトの相棒
兼ツッコミ担当。
ミナト・キャドリーユ
本編の主人公。
異世界に転生して強力な戦闘術を
身につけた。冒険者として活動中。
クローナ・C・J・ウェールズ
天才肌のマッドサイエンティスト。
吸血鬼族で『女楼蜘蛛《じょろうぐも》』の元メンバー。

ミシュゲイル・クルーガー
長年行方不明だったミナトの兄。
禁忌の術を操る孤高の死霊術師《ネクロマンサー》。
アイリーン・ジェミーナ
冒険者ギルドのギルドマスター。
伝説の冒険者チーム『女楼蜘蛛《じょろうぐも》』
の元メンバー。
シエラ・キリオン
ディアの双子の妹。
ディアとは対照的に積極的な
性格をしている。
ディア・キリオン
ミナトの姉で、母リリンと同じ夢魔族《サキュバス》。
ウォルカの街の高級娼館で働く。

第一話　『邪香猫《じゃこうねこ》』魔改造計画・前編

「……どういうつもりだい、クローナ？」

「ん？　何がだよ、アイリーン」

時刻は昼前。

暗黒山脈にあるクローナ邸《てい》、その私室。

ミナトとクローナとの模擬戦《もぎせん》、及び『勧誘』の後、アイリーンとクローナはどちらから言い出すでもなく、この部屋に集まった。

そして、クローナの開けたとっておきのワインを酌《く》み交《か》わしている。

「わかってるくせに聞き返すものじゃないよ……ミナト君を弟子に取るなんて、一体どういう風の吹き回しだ、って聞いてんのさ」

「くくっ、それこそ聞く必要ねーんじゃねーか？　俺の性格を考えればよ」

「……君の性格を知ってるからこそ戸惑《とまど》ってるんだよ。昔っから面倒《めんどう》なことや興味の無いことはとことん無視して、自分のやりたいことだけを全力でやって来た君が弟子を取るなんて、天地がひっくり返ってもありえないと思ってたからね」

　アイリーンが知る限り、クローナ――天才的な研究者である彼女が、誰かのために自身の力や知識を使うことは、ほぼなかった。

　かつて同じ冒険者チーム『女楼蜘蛛《じょろうぐも》』に所属し、ともに大陸中で暴れまわった数十年間でも、数えるほどしかなかったはずだ。

　ミナトにした説教の通り……慈善《じぜん》も偽善《ぎぜん》も嫌い《きら》、否定し、自分のためにだけ、その力を発揮してきたのである。

　龍をねじ伏せる力も、あらゆる分野に精通した知識も、多種多様なマジックアイテムを作り出す手腕も、他者のために使われることはなかった。

　その力を欲する者は多く……戦力として、頭脳として、国家や巨大組織は何度も勧誘した。

　弟子入りを志願された回数も数えきれない。

　それら全てを『面倒』の一言でバッサリと切って捨てていた彼女が、自分から弟子を取り育てるなど、アイリーンは想像もしていなかった。

　その話を聞いたクローナが獰猛《どうもう》な笑みを浮かべる。

「なァに、大したこっちゃねーさ。おめーやテーガンが昔言ってたみてーに、次の世代ってやつを、ちと育ててみたくなっただけだよ。マジで、純粋にな」

「ふーん……そんなに気に入ったの？　ミナト君のこと」

「ああ、気に入ったね、絶対逃がしたくねえ、って思うくらいにな。あんだけの才能を持っていながら変な妄想《もうそう》もせず、肝《きも》も据《す》わってる奴なんざ……五世紀以上生きてて初めて見た。ありゃぜひとも鍛《きた》えてみてえ。鍛え上げて、研《と》ぎ澄《す》ませて……」

そこでクローナはワインを飲み干し、グラスを叩きつけるように置いた。

「その果てに一体、どういう化け物が出来上がるのか……この目で見たい」

口から覗《のぞ》く牙をギラッと光らせ、満面の笑みで言い切った。

対するアイリーンはいつもの笑顔だが、目だけは笑っていなかった。

「苛烈《かれつ》な物言いはいつものことだけど……一応確認しておくよ。あくまで、育て甲斐《がい》のある弟子として、彼を気に入ったんだよね？」

「くくっ、実験動物として見初《みそ》めたとでも心配してたか？　安心しろ、んなこたねえよ。むしろそんなふうに使い捨てられる奴なら、最初《ハナ》から興味なんざ持ってねえさ」

クローナは嬉々《きき》として話す。

グラスをスッと掲げ、メイドに二杯目のワインを注《そそ》がせながら。

「昨日お前から聞いたとおりだったよ……あいつはリリンに似てる。けど見た感じ、むしろリリン以上に、俺に近い気がしたね」

図《はか》らずもこの屋敷に来る直前、アイリーンがミナトに対して言ったことを、クローナ本人もまた口にした。

「あいつの考え方は俺に近いし、才能もある。それこそ、魔法の開発や研究の分野なら、明らかに現時点でもリリンを凌《しの》ぐ。ああ、これは客観的な分析で、色眼鏡《いろめがね》とか全然入ってねーぞ？」

「わかってるよ。正直、ボクも同意見だ」

「ならもうわかるだろ？　俺があのガキに心惹かれた理由ってもんがよ」

一拍置いて続ける。

「あれは磨《みが》けば光る。鍛えれば伸びる。しかもあいつ夢魔《サキュバス》だろ？　見たとこまだ『覚醒《かくせい》』もしてねえようだし、伸び代《しろ》どんだけだっつー話だよ。まだまだ、どこまでも、いくらでも化けるぜ？　そして……」

「そして？」

「きっといつか、俺達と同じステージまで上ってくる。そう遠くない未来に、な」

「……そんな、将来有望な超新星の中の超新星に、五百年の人生で学んできた全てを伝えてやりたい、と思ったわけ？」

「ああそうさ。あいつなら俺の全てを受け継いだ上で、それを超える化け物になる。何でか知らねーが、そう確信できるからな。くくくっ、初めてだよ。初めてだし、考えもしなかった。俺を超える可能性を持った奴に出会うなんて……そしてそれが楽しみだってのも」

言い切って、注がれたワインをまたしても一気に呷《あお》り、グラスを空《から》にすると、ぷはぁっ、と気分よさそうに息をつく。

アイリーンは目の前の友人の笑顔が、酒で気分が高揚したからか、それともこれから始まる、ミナト風に言えば『魔改造』プランに夢を膨《ふく》らませているからか、判断できなかった。

（……まさか、ミナト君自身が『魔改造』されることになるとはね）

「止めてもムダだぜ、アイリーン？　俺はあのガキを、満足するまで、あらゆる方法で鍛え上げる。魔法やマジックアイテムの共同研究なんかもしてみてーな……くくっ、どうせなら本気で世界最強とか目指してみるかな！　あー楽しみだ！」

「はぁ……今になって思うんだけど、よく考えたら君とミナト君って、いわゆる『混ぜるな危険』って奴だったのかもね……手遅れだけど」

仕事の都合で、まもなく帰らなければならないアイリーンは、ミナト以下『邪香猫』メンバーの今後を思って、ため息をついた。

そして、自分もグラスに口をつけ、ぐいっと半分ほど飲み下す。

（しかし、クローナがここまでやる気となると……ミナト君、次にウォルカの街に帰ってくるときには、一層アレなことになってるんだろうな。となれば……もう、ＡＡＡランクでも、彼の実力には足りないかもなあ……）

同時に、自分はこれからどう動くべきなのか。

そう考えたアイリーンは、呆《あき》れとも諦《あきら》めともつかぬ息を、もう一度ついたのだった。

☆☆☆

「……おーい、ミナトー？」

「…………」

「ミ・ナ・トー？」

「…………」

「…………ったく」

――ゴッ!!

「あがっ!?」

痛《い》った!?

「え、何、今の百科事典で殴《なぐ》られたみたいな感じの鈍器《どんき》インパクト!?」

「そりゃまあ、実際にそれくらい大きい本で殴ったからね」

「ああ、エルクか」

「ったく……相変わらず集中すると何も聞こえなくなるわね、あんたは」

「ははは……ごめんごめん。いや、あまりにも面白い本だったもんでさ」

僕ことミナト・キャドリーユは、体の検査を含む色々な用事を済ませるため、王都ネフリムを出てここ……母さんの旧友であり元『女楼蜘蛛』メンバー、クローナさんが住む邸宅にやって来た。

そして、流れでクローナさんに実力を見てもらうことになり、模擬戦という形で彼女――生ける伝説たる『冥王《めいおう》』クローナに挑むこととなった。

結果はまあ、当然のごとく完敗。

というか、勝負になってたかすらちょっとわからない。

まあ、この結果はいい。

母さんと同じレベルの実力者相手に、勝てるとは思ってなかったし。

問題はその後。

なぜかすっごく嬉しそうに笑っていたクローナさんに……こう言われた。


「ミナト・キャドリーユ。お前……俺の弟子になれ！」


その誘いを受諾した僕は今、精霊種『シルキー』のメイドさんに案内してもらい、城の書庫にいた。

クローナさんとアイリーンさんの話が終わるのを待つ間、面白そうな本を片《かた》っ端《ぱし》から読みふけっていたのだ。

クローナさんの『弟子になれ』発言に、当然ながら僕はかなり驚いた。

一応ちょっと時間をもらってエルク達と相談した。

その結果、最終的に、こんな機会は滅多にないってことで、受けることにした。

「僕と一緒に、他の『邪香猫』メンバーの訓練も、気が向いたら見てもらえないか」って尋《たず》ねたら、了承してくれたしね。

繰り返すけど、伝説と言ってもいい『女楼蜘蛛』のメンバーに稽古《けいこ》をつけてもらえるなんて、そうそうあるもんじゃない。

基本的に向上心が高いうちのメンバーは、戸惑ってはいたけど、それぞれやる気を滲《にじ》ませていた。

本格的な修業は明日から始めるらしいので、手始めとしてこの『書庫』で、クローナさん秘蔵の文献を片っ端から読ませてもらってるんだけど……これがもう宝の山。

クローナさんの性格なのか、はたまたシルキーメイドさん達が優秀なのか、ジャンル別にきちんと整頓《せいとん》されている。

ここには……僕の主観も混じるけど、興味深い本が目白押《めじろお》し。

面白い魔法書物や、古代の珍しい魔物の記録。

さらには亜人の古代種族に関する記録や、どこで手に入れたのか、いろんな国の重要機密書類まで……なんなんだこの魔窟《まくつ》は。

亜人関連の本にはミュウちゃんが、機密書類にはザリーが興味を示し、手に取っていた。

ザリーがそれらに接した結果、何が起こるかは……精神衛生上よろしくないので、あまり考えないでおこう。

ナナさんとエルクは持ち前の勤勉さを発揮し、役に立ちそうな本を探して読んでいるが……活字が苦手なシェリーさんだけは早々にリタイアしていた。

今？　机に突っ伏して寝てるよ。

……で、僕が読んでるのは、その中でも極めて特殊なもの。

クローナさんが若い頃に手がけた、魔法関連の研究内容を記録した論文である。

ナナさんやザリー曰《いわ》く、学者でもない限り読む者がいないらしいそれらは、どれも僕の興味を非ッ常～～にそそるものだった。

斬新《ざんしん》な術式、思いがけない発想、そして僕の目から見て、まだ改良の余地がある魔法の数々。

それらを目にして、何とも言えない高揚感を覚えた。

また、クローナさん以外の研究者が手がけた論文もたくさんあった。

クローナさんのよりめんどくさい言い回しが多く読みにくかったけど、やっぱり興味深い。

研究段階で判明した、新事実や新法則なんかがいくつかあったものの、僕が前世の学校で普通に習ったことだったりしたので、理解に困ることはなかった。

この短時間で読めた本は、氷山のほんの一角だ。

ぶっちゃけ今の本音は……ここにある論文を全部読みたい、なのである。

「あのややこしい長文をよくもまあ……あんたってもしかして、学者に向いてるのかしら？」

目が疲れたのか、隣で本を閉じて休憩しているエルクが、六編目の論文に手を伸ばす僕を見て、ため息混じりにそんなことを言ってきた。

「いや、多分そんなことはないけどね……クローナさんがさっき言ってたように、ただ面白いからやってるだけだし」

「そういう所が『天才』って奴なんでしょうね……はぁ、そんなんだから私達は……」

「うん？　何？」

最後のほう、声が小さくてちょっと聞こえなかったんだけど……何か言った？

「何でもないわよ。さて、休憩終わり……っと」

エルクは眼鏡をハンカチで拭《ふ》いた後、手近にあった本の、しおりが挟《はさ》んであるページを開き、再び読み始めた。

……別に大したことでも無さそうだったし……いいか。

そう思って再び論文に目を落とした僕は、このとき気づかなかった。

エルクと似たような視線が、ナナさんやミュウちゃん、さらにはシェリーさんからも向けられていたことに。

☆☆☆

明けて翌日、いよいよクローナさんの稽古が始まった。

前の晩に配《くば》られた稽古着――見た目はほぼジャージ――に着替えてから、前日も使った『運動場』に集合する。

昨日あれだけクローナさんが暴れて破壊された部屋。しかしその痕跡《こんせき》はどこにも見当たらず、キレイに修復されていた。

聞けばこの部屋は、破損してもすぐに自己修復するらしい。

ある種のスライムを解析《かいせき》して作った、クローナさんオリジナルの生体金属で、壁や床のタイルが出来ているからだとか。

僕が自分でもわかるくらいに目を輝かせていたら、「早めに修業が終わって余裕があったら、そのあたりの授業をしてやってもいいぞ？」ってクローナさんに言われたので、頑張ろうと思う。

便利なマジックアイテム作り……オリジナルの……うん、心躍《おど》る。

え、隣でエルクがジト目で睨《にら》んでるって？

わかってるよ、そんなことは。

そんな僕を面白そうに眺めるクローナさんは、何の変哲《へんてつ》も無さそうな黒のワンピースに身を包んでいた。

動きやすそうではあるけど、あの服装で稽古をつけてくれるのかな？　てことは……。

「よし、いいかお前ら？　まず最初に言っておく。いつも通り俺は下着なんざ面倒くせえからつけてねーが、俺が訓練に参加するのはまだ先だ。だから……動いた拍子《ひょうし》にスカートの中が見えそうだの何だの、期待とか心配とかしてるマセガキは安心しろ」

開始前の訓示《くんじ》とばかりに、クローナさんが僕ら六人を見渡して言った。

みんなの視線が痛い。

「さて、注目！　俺に言わせれば、強くなるためにやることなんざ三つだけだ。東洋の国には、何かを窮《きわ》めるに当たって『心技体』っていう概念があるそうだが……そんな感じでな」

すっと手を突き出し……三本指を立てたクローナさん。

「まず『腹を決める』、次に『技を覚えて窮める』、んでもひとつ『地力《じりき》を上げる』……これだけだ。俺の弟子になる以上、中途半端なんぞ認めん。徹底的にやるから覚悟してついて来い。じゃ、始める」

相変わらずかなり苛烈な激励《げきれい》というか発破《はっぱ》をかけた後、クローナさんは腰のポーチから、握りこぶし大のガラス瓶《びん》を取り出した。

その中には透明な、しかし明らかに水じゃないとわかる、どろっとしたゲル状の何かが入っていた。

クローナさんは瓶の蓋《ふた》を開けると、中身をドバッと床《ゆか》にぶちまける。

ゲル状の何かはすぐに、床に染みこんで見えなくなった。

それを確認すると、クローナさんが蓋を閉めながら、説明を始めた。

「さて、この訓練場に使われている生体金属にはいろんな特殊能力があってな。俺がこうして『エサ』を与えてやることで、異なる能力が発動する。そのひとつに『擬態《ぎたい》能力』ってのがあるんだが……おっ、きたきた」

何かに気づいたように、足下に視線を落とすクローナさん。

見ると、クローナさんが瓶の中身をぶちまけた部分の床が、なんだか波打っているようだった。

クローナさんが二歩後ろに下がる。

すると数秒後、床からなんと……白骨の魔物が這《は》い出てきた。

人間の骨のようだけど、その構造は明らかに異形《いぎょう》。

頭蓋骨《ずがいこつ》はふたつ、足は三本ある。

腕は四本で、それぞれ剣を持っている……ってコイツ、見覚えあるな。

そうだ。細部は違うけど、幽霊船《ゆうれいせん》オルトヘイム号の中で見た、『オーバースケルトン』って奴じゃない？

驚き戸惑う僕らを、満足そうに見ていたクローナさんが口を開く。

「とまあこんな風に、『エサ』に応じた魔物に擬態するんだ。その強さや動きもトレースしてな。そしてコイツは、攻撃されるか、創造主である俺が合図すると、凶暴化して襲いかかる……さて、俺が言いたいことがわかったか？」

「えっと……コレを相手にバトれと？」

「そういうことだ。ちなみにコイツは……そこのピアス、お前の相手だ」

「えっ、僕？」

いきなり、しかもかなり雑に指名されたからか、ザリーが驚いて声を上げた。

「そうだ。基本的に一対一。本気でやれば勝てる強さの魔物をチョイスする。種類は別々。じゃ、他のも出すぞ」

クローナさんは、ザリー以外はついてくるように言って歩き出した。

数十メートル離れると、また別の瓶を取り出して床にこぼし……生体金属の擬態である魔物を作り出す。

それを六回繰り返し、訓練場に六体の魔物を作り出した。

ザリーの相手は、さっき言ったとおり『オーバースケルトン』。

エルクの相手は、体が砂や小石に覆われた大きなサル『サンドエイプ』。

ミュウちゃんの相手は、ただの『スライム』。

ミュウちゃんが『ケルビム族』だと看破《かんぱ》して、召喚獣は使わず自分の魔法だけで倒すこと、という条件付きだ。

ナナさんの相手は、ドラゴンの骨が魔物化した強敵『スケルトンドラゴン』。

シェリーさんの相手は、なんとなつかしの植物怪獣《かいじゅう》『トロピカルタイラント』。

そして、他の五人からだいぶ離れた場所に現れた僕の相手。

大きな翼と長い首を持ち四本足で立つそいつは……ダンプカーぐらいの巨体で、獰猛な目をぎらつかせていた。

これって……。

「……あの、僕いきなりドラゴン系なんですか？　てか、めっちゃ強そうなんですけど」

「『ファフニール』な、そいつの名前。ランクはＡＡＡだから、油断しなきゃ勝てるだろ」

当然のようにさらりと言ってくれたクローナさんは、近所の猫でも見るような目で、凶悪この上ないビジュアルのドラゴンを見ていた。

「訓練の間、持っといてやるよ」と、僕のペット、アルバを手に乗せて。

クローナさん曰く、『ネヴァーリデス』の生態はある程度なら把握《はあく》しているが、専用の訓練メニューを用意できるほどではないという。

なので、アルバはまだ待機だ。

……ってか、アルバも鍛えるんだ？　そいつ、これ以上強くなるの？

六人全員が、やや顔を引きつらせているのを確認してから、安全圏のベンチに戻ったクローナさん。

「じゃ、始め」

ぱちん、と指を鳴らす。

広い訓練場によく響いた音を合図に、魔物達が凶暴化して、戦闘開始となった。

どうやら何らかの処置、設定が施《ほどこ》されていたらしく、魔物は自分の相手以外に襲いかかったりはしない。

しかも開始と同時に半透明の壁が出現し、バトルフィールドが明確に分けられた。

そのおかげで、巻き込む、または巻き込まれる心配がなくなり、一対一で戦えるようになった。

最終的には、十五分ほどで全員が討伐に成功。

一番早かったのは、きちんと魔法を練習していて、Fランク程度なら相手じゃなかったミュウちゃん。

『ファイアボール』で簡単にスライムを蒸発させた。

それに対して、一番てこずったのは僕だ。

擬態といってもさすがに『龍族』だけあり、当然のように空を飛ぶし炎まで吐《は》いてきて、かなり手ごわかった。

翼と足四本を全部潰《つぶ》した上で、『ダークネスキック』で首の骨を、脊髄《せきずい》ごときっちり粉砕《ふんさい》すると、ようやく倒れてくれた。

魔物の体はドロドロに溶けて床に染みこみ、痕跡を残さず消滅した。

いや、さすがというか、正直言ってドラゴン系を舐《な》めてたな……。

ディアボロスもそうだったけど、頑丈《がんじょう》さが他の魔物とは全然違う。

ちょっとのダメージならすぐ回復してしまうし、こりゃもっと本格的に鍛えないとな。

とか思いつつ、休憩しようと床に座ろうとした絶妙なタイミングで、声が掛かる。

「よーし、じゃ、次いくぞー」

え……『次』？

視線を上げると、いつの間に近づいてきたのか、当然のように『エサ』という名のゲル状物質を床に垂《た》らすクローナさんがいた。

「ん、何だその顔は？　言っとくが俺の方針は『一に実戦、二に実戦、三、四がなくて五に実戦。最低でも実戦、最高でも実戦、兎《と》にも角《かく》にもとりあえず実戦』だからな。訓練すべき事柄は戦闘の中に盛り込んで、予習も復習も、戦いの中で全部やる。そのつもりでいろ」

「……マジですか」

「情けねー声を出すな。おら、開始までにきっちり観察して、戦うプランでも考えてろ。それも必要な技能のうちだぞ？」

うん、覚悟してはいたけど……予想以上にスパルタな訓練になりそう。

あらためて腹を決める僕の前で、今度は全身毛むくじゃらで、異様に首の長い牛の魔物が姿を現した。

「……えっと、これは……」

『カトブレパス』。ランクはＡＡＡ。一般に『邪眼《じゃがん》』と呼ばれる能力を持っていて、目を見ると死ぬ」

「死ぬんですか⁉」

「『夢魔《サキュバス》』なら耐性があるし、大丈夫だから安心しろ。ってか、擬態だからそこまで強力な能力は模倣《もほう》できねーさ。強いから油断はすんなよ？」

「……さいですか」

結局この訓練は午前中いっぱい続いた。

油断できない相手と何連戦もしてものすごく疲れた僕らは、昼食時間とその前後の休憩時間、完全に沈黙《ちんもく》。

ＡＡからＡＡＡの敵と戦わされた僕はもちろん、ミュウちゃんも実力を把握され、二回目からは結構強めの敵と戦っていた。

他のメンバーも同様だ。

誰も大怪我《おおけが》をしなかったのは幸いだけど、もし午後にも同じ訓練をやらされるとしたら、果たして耐えられるんだろうか……。

僕らは全身に満遍《まんべん》なく疲労を感じながら、ひたすら回復を待っていた。

第二話　『邪香猫』魔改造計画・後編

午後。

意外にも、心配していたデスマーチ的な事態にはならず、まるまるお休みだった。

明日に向けて休んで、疲れを取れと。

というのも、どうやら午前のバトル強行軍は、僕らの動きや使える魔法、とっさの判断力なんかを実戦の中で見極めるためのものだったらしい。

明日からは、また違った感じの訓練メニューを組んで、本格的に鍛えていくとのこと。

ただし午前中に言ったとおり、それらは全て『実戦』の中で行うので、安心なんて出来ないんだけどもね。

そして……夕方になるちょっと前ぐらいの時間。

僕はクローナさんに呼び出され、シルキーメイドさんの案内で部屋に行った。

中に入ってソファに座らされた次の瞬間。

「小僧、俺の目を見ろ」

「へ？　目ってなに……」

そんなことを言われた直後。

視界がぐらっと歪《ゆが》んで、めまいがして、気がついたときには……。

僕は大きなベッドの上に、全裸で転がされていて、同じく全裸のクローナさんが僕に馬乗りになっていた。

「……あの、これ一体、どういう状況ですかね？」

「ん？　意識あるのか、さすがだな……ああ気にすんな。すぐ終わるから」

「無理ですよ！　え、ちょ、何が始まるんですか？　何されるんですか僕？　何しようとしてるんですかクローナさん⁉　ねえ、ちょっと⁉」

僕の叫《さけ》びをクローナさんは全く聞く様子がなかった。

縛《しば》られたりしていないにもかかわらず、手足どころか体が一切動かず、自由に動かせるのは首から上だけ。

そんな状態で、僕のちょうどお腹のあたりにぽすっとクローナさんが座っていた。

じかに柔らかい肌の感触が伝わってきて……い、いくらなんでもコレは……。

傍から見たら、インモラルなことこの上ない。

このあと何が起こると思うかって第三者に聞いたら、百人が百人、同じ答えを返すだろう。白眼視と共に。

クローナさんは僕の心中などお構いなしに、僕の腕とか、腹とか、首筋とか太ももとかをぺたぺたと触って、『結構いい体してんのな』などと言う始末。

そのたびに、体の各所に手のひらの感触を感じる。思春期男子を悶死《もんし》させる気なんだろうか、この全裸吸血鬼は。

そして、おそらく顔が真っ赤になっている僕に構わず、クローナさんはその、色白で細くてキレイな手を、僕の胸の上にとんっと置いた。

……次の瞬間。

——どずっ。

クローナさんの手が胸板を貫いて一気に、僕の体内に手首のあたりまで沈み込んだ。

……は？

……え？　え⁉　えぇええ⁉

「うぇえええぇぇえええ⁉　ちょ、な、え、何、えええぇえええっ⁉」

「だぁぁああ‼　うるっせーなさっきから！　すぐ終わるから静かにしてろって言ってんだろうが、このバカガキ‼」

「無理ですよ、今度こそ‼　え、何コレ⁉　ホントに何してんですか、クローナさん⁉」

「見りゃわかんだろーが！　依頼されたとおり、テメーの体の検査してやってんだよ！」

見てもわかんねーよ絶対‼

さっきまで真っ赤だった僕の顔は、今は真っ青になっていることだろう。

胸のど真ん中に突き刺さったクローナさんの手。

体の中に異物が入った超弩級《ちょうどきゅう》の違和感が、はっきりと伝わってきた。

痛みは無いし血も出ないけど、皮膚《ひふ》や筋肉を通り抜けて入った、って感じだ。

しかも、僕の体の中で絶えず動いていて、いろんなとこをいじくられているような……。

「触診《しょくしん》ってあるだろ？　あれの親戚《しんせき》みてーなもんだよ。『幻想空間』なら、体の情報が百パーセント反映されるし、俺の解析術式でほぼ全ての情報を読み取れるからな」

当たり前のようにそんなことを言ってくるクローナさん。

この数秒の間に、いやらしいこと考えて興奮する心の余裕なんてなくなった。生きたまま体の中に手を突っ込まれて色々触られるって、一体どんな不思議経験……。

「って、あれ？『幻想空間』？」

「何だ、気づいてなかったのか？　さっき俺と目を合わせたろ？　その時に、お前の精神をここに連れてきたんだよ」

『幻想空間』……？

精神世界っていうか、心の中の世界っていうか、ファンタジーだと比較的おなじみの空間？

「あ、じゃあもしかして、知らない間に服を全部剥ぎ取られたのとか、手足が動かないのとかも、そのせいですか？」

「そういうこった。体を調べんのに服は邪魔だろ」

「……クローナさんの服は？」

「面倒だから構成しなかった」

……さいですか。

「つか、ホントは検査してる間、ずっと寝てるように設定したはずなんだけどな。ったく夢魔《サキュバス》ってのは、精神攻撃耐性がやっぱ高《たけ》ーわ。目を合わせて引き込む時も、かなり抵抗感があったし」

「はあ……じゃ、体が動かないのはそれ——ぁうっ⁉」

「おっと、悪りぃ。……背骨かコレは。じゃ、これが多分胃袋で……」

話しながらもクローナさんは、僕の体の中で手を動かし続け——って、いつの間にか両手が入ってるよ！

触られるような、握られるような違和感が、絶え間なく僕の体を襲っている。

「……これって、内臓とか触って調べてるんですか？」

「その周辺の筋肉組織、骨、神経なんかもな。ああ、あと、触るだけじゃねーぞ？　触診が終わったら、実際に取り出して調べるからな」

「……はい？」

え？　何て言ったこの人？

「『取り出して』『調べる』⁉　どうやって⁉」

「そりゃお前、普通に切って取り出すけど……」

「僕この後、生きたまま解剖《かいぼう》されるんですか⁉」

「痛みはねーはずだし、幻想世界《ここ》でならいくら切っても死なねーよ。何なら……ちっと面倒だが、感覚も消してやる。二時間くらいで全部終わるから、黙《だま》って待っとけ。全ては高い精神攻撃耐性のせいで眠れねーお前が悪い」

「……………はーい」

何だか反論する気力がなくなった僕。

しばらくの間、生きたまま内臓をいじられるという、トラウマになりそうな未知の感触に身をゆだねることにした。

ま、まあ、二時間くらいで終わるんだ。痛みがあるわけでもないし、気にしないよう我慢《がまん》してればなんとか……。

「ついでに言っとくと、眼球、脳、舌、●●●《ピーー》も調べるから、体中を切り刻んで細かく見せてもらうつもり――」

「……………………」

「……捨てられた子犬みたいな目で見んな」

結局、クローナさんのお情けで、切開する前にワンクッション入れてもらった。

具体的には、切開の直前、クローナさんは僕を一旦『幻想空間』から解放した。そして現実世界で、生身の僕にある薬品を飲ませた。

飲むと一瞬で意識が混濁《こんだく》し、精神が酷《ひど》く無防備な状態になる凶悪な薬だ。分類としては猛毒で、普通の人が飲むと一時間足らずで死ぬらしい。

……尋問《じんもん》と口封じが一度にできる自白剤みたいなもんか？　怖いなおい。

常人なら、水で百倍に希釈《きしゃく》したものを数滴摂取しただけでも十分効くんだけど……僕にはなかなか効かなかったので、最終的に原液をジョッキで二杯も飲む羽目になった。

しかもその毒、味が酷くて……いや待て、コレは言い方が正しくないな。

苦いとか辛いとかだったらまだよかったんだけど……あれは『味』ですらなかったし。

前世で食べたことのある、強力眠気覚まし用のガムとか飴、あの味だ。

食べると口の中がスーッとして、めっちゃ寒くなって……その状態で水とか飲むと悶絶しそうなくらい冷たく感じるアレだ。

それをジョッキ二杯という、これ自体も苦行《くぎょう》のような救済措置をどうにか完遂した僕は、次の瞬間クローナさんにまた『精神世界』に引きずり込まれ……目が覚めた時には、全てが終わっていて、僕は部屋のベッドで寝ていた。

どうやら上手く『眠れた』ようだ……ほっ。

……眠ってる間に僕の体は、精神世界でとはいえ、バラバラもズタズタも通り越して、量り売りが出来るくらいに細かく切り刻まれたんだろうけど。

……ま、気にしない方向で。

☆☆☆

翌日からも、訓練は……クローナさんの最初の宣言どおり、ひたすら実戦の中で行われた。

基礎を確認するのも実戦。

問題がある動きを矯正《きょうせい》するのも実戦。

新しい技能を学ぶのも、概要を簡単に聞いてちょっと練習して、すぐ実戦。

予習も復習も、兎にも角にも全部実戦。

『訓練場』の魔物擬態システムは、最大でAAAランクの魔物まで用意できるという。

どうも、あのタイルの材料になった魔物がそれ以上のレベルだから可能らしい。どんだけ強いスライムだって話だ。

その種類も実に多様。なので……その時々の目的に合った相手を用意できるわけである。

魔法の訓練をしたければ、魔法しか効かない魔物を。

素早い動きを鍛えたければ、動きの素早い魔物を。

攻撃の精度を上げたければ、弱点もしくは体が小さい魔物を。

各自が鍛えるべき点を考えて、それに必要な訓練と、それが出来る相手をチョイスして戦う。

そして、目当ての技能が身につくまで何度でも繰り返す。

ちょうど学校の時間割みたいに、一～二時間ごとに区切って課題を与えることで、疲労回復と集中力の持続なんかも考慮している。

そのあたり……クローナさん、指導者としても本当に優秀なんだと思う。

最初はついていくだけでひいこら言ってた僕らも、徐々に慣れてきたというか……戦闘スキルが上がってきている実感がある。

加えて、彼女が用意してくれたジャージがまた特殊だった。

このジャージはただの稽古着じゃなく、彼女オリジナルのマジックアイテムらしい。

僕が普段着てるあの服同様、冗談《じょうだん》みたいに頑丈な上に、彼女の合図ひとつで僕らの動きに様々なリミットを施す拘束具に早変わりする。

重くなったり、魔法を使いづらくなったり、音が聞こえづらくなったり……ｅｔｃ。

中でも特殊なのは、魔力を『拡散』させる効果だった。

通常僕らは魔力を集めて、武器や拳に充填《じゅうてん》したり、手のひらで変化させたりして『魔法』を使う。

ただその時、完全に無駄なく魔力を使えているわけじゃない。

その周辺、腕とかに集まった魔力は使われずに空中に霧散しちゃうことも多々ある。

身体強化の魔法だともっと顕著《けんちょ》だし、説明もしやすい。

体全体を強化する場合……体にめぐらせる魔力が百だとすると、そのうち七十を強化に使えてるけど、三十は有効利用しきれなくて空中に消えていってるとか、そんな感じ。

どちらも、魔法、というか魔力を上手く使えない初心者に特に多い。

僕らが着てるジャージには、わざとそれを促進させる効果があった。

そのせいで、魔力を集める部分はもちろん、油断してると全身から、気づかないうちに魔力が漏れ出したり……なんてことに。

なので、気をつけないとすぐに魔力切れになってしまう。

意識して、魔力を散らさないように制御することが必要なのだ。

『トロン』では魔力を『使う』方法を学んだけど、ここで学ぶ、魔力を『使わない』方法の学習は、新鮮にしてかなりハードなものだ。

まあ、やりがいあるけど。

おまけにそのジャージを、僕らは訓練の時だけでなく、休んでる時も寝る時も着ているように言われている。お風呂に入る時以外、ずっとだ。

まあ、休んでる時には魔力なんて使わないから、『拡散』に関してはいい。

だけど訓練二日目から服の『重さ』が操作され、ウェイトをつけたような重さがデフォルトになったので、鍛えられるとわかっていても、ちょっとつらい。

やれやれ……前途多難だな、ここでの特訓は……。

そして、この特訓と時を同じくして始まったのが、午後の訓練終了後、学校で言えば放課後に行われる、クローナさんによる魔法分野の講義だった。

これは自由参加、というか、ほぼ完全に僕のために開催される。

今まで聞いたことも無い魔法理論やら、かつて開発された斬新《ざんしん》な術式やらを、クローナさんが選んで教えてくれるのだ。

ただし『初心者にもわかりやすく』という概念は無いため、一定以上の魔法関連の知識と、それ以上に内容を理解するための想像力、理解力などが必要となる。

クローナさんは講義を最低限の解説で行うため、興味本位で参加したエルクやザリーなんかは、即リタイアしていた。

ナナさんやミュウちゃんは、勤勉さが幸いして、かなり苦しみながらもついていっている。

それでも、わからないことの方が多いらしい。

シェリーさんは得意・不得意が極端で、感覚で理解できる所はすんなり入るようだけど、複雑な理論の理解を求められる所は完全にアウトだった。

そして僕は、この講義、実は超楽しい。

前世で高校生だったころは、学校の世界史の授業がお経《きょう》か子守唄《こもりうた》にしか聞こえなかったけど、クローナさんの講義は、未知なる魔法分野の知識がとにかく興味深くて、眠くなるなんてありえなかった。

シェリーさんが『暗号』と呼ぶそれらを吸収していくのが、嬉しいし面白い。

今まで培《つちか》ってきた知識までが一気に輝き出し、使ってくれと頭の中で叫んでいる。近い未来、色々と我慢できなくなる気がした。

そして、そんな僕を見たクローナさんがまた嬉しそうになり、難しい内容の専門書やら論文やらを持ってくる。

そして僕がさらにやる気を出し……とループして、深夜まで講義が続く。

そしてその講義の中で、僕もクローナさんも思いついた端からアイデアを出して、既存の魔法の改良やら新しいオリジナル魔法の作成やらに着手する。

そのまま勢いづいて、訓練場に直行して試し撃ちしたりも。エルクが頭を抱えてるんだけと……ごめん、無視。

こんな感じで、僕ら『邪香猫』は、クローナさんの邸宅での毎日を送っています。

☆☆☆

ミナト達がクローナ邸に泊まり込んで、特訓の日々を送るようになってから、しばらく経った。

苦難の連続ではあるが、それに見合った成果が実感できるほど現れてきている。

その日女性陣は訓練を終え、邸宅備え付けの大浴場で疲れを癒やしていた。

「あぁ〜気持ちいい！　やっぱり大きなお風呂っていいわね、疲れが取れる感じがするわ〜」

「こら、シェリー。湯船には体洗ってから入りなさいって」

「固いこと言わないの、エルクちゃん。ここのお湯、温泉……どころか『霊泉《れいせん》』なんでしょ♪？　平気よこのくらい」

湯船に肩まで浸かって脱力するシェリーは、そんなことを言いながら、手で湯をすくってバシャバシャと顔を洗い、汗を洗い流していた。

そんなシェリーに呆れながら、エルクや他のメンバーは、一応軽く体を洗って汗を流してから湯船に浸かっている。

ちょうどいい温度の湯から、温かさが肌を介して体の芯《しん》までしみこんでくる。

その感覚が全身に広がり……驚くほどの早さで疲れが取れ、体が癒えていく。

何も知らなければ、温泉の薬効か、精神のリラックス効果かと思ってしまうだろう。

しかし実際は違うことを、彼女達はクローナから聞いて知っていた。

この温泉は、地下数百メートルから引いているものだが、ただの温泉ではない。

魔力が多量に溶け込んだ、『霊泉』と呼ばれるものなのである。

ミナトがよく使う言い回しで説明すれば、『霊泉』とは、ゲームなどによくある、入るだけでステータスが回復する魔法の泉のようなものだ。

なお、温度は関係ない。冷たくても見た目が泉なら『霊泉』と称する。

これは特別。温泉であり『霊泉』なのだ。

湯に溶け、調和している魔力が、肉体のみならず精神、体内の魔力にまで作用し、凄《すさ》まじい速度で傷や疲労を回復させる。

薬湯と同じであり、飲んでも効果がある。

クローナが、ここに居を構えている理由のひとつがコレであると、初日に嬉々として自慢していた。

エルク達の心の中に、『この人、意外と子供っぽい』という認識が生まれた瞬間だった。

その『霊泉』で一日の疲れを洗い流し、明日への英気を養っている彼女達。

しばし無言だったが、ふと、シェリーが思いついたように沈黙を破った。

「そういえば、前々から気になってたから、この際聞いておきたいんだけど」

「？　どしたのよ」

「あのさ……この中で、ぶっちゃけミナト君のこと好きな人って何人いる？」

その言葉に……エルク、ナナ、ミュウの三名はきょとんとする。

再び場を支配する沈黙。

今回それを破ったのはエルクだった。

「えっと、それ……どういう意味で？」

「いや、どういう意味って……そりゃもちろん、愛してるとか、抱かれたいとか、そういう感じ。もっと具体的に……そうね、男性として魅力を感じてて、男と女の関係に……」

「わかった、もういい、わかった。あんたが言うと生々しいわ」

「生々しいって何よー、エルクちゃんが説明してって言ってきたんでしょうが」

ぷくーっ、と頬を膨らませて反論するシェリー。

エルクは『子供か』と心の中で突っ込みつつ、周りを見る。

すると、虚空《こくう》に視線を泳がせながら、割と真面目に考えているナナとミュウがいた。

「んー、そうですねえ、確かにミナトさんには、人間としてはもちろん、異性として魅力を感じたりもしますね。上手く言えませんけど」

「私もですねー。もっとも、今までそういう色恋ごとと呼べるものに触れたことがありませんので、何とも言えないのですが……お兄さんは、魅力的だと思います」

シェリーは頷きながら、エルクに目を向ける。

「ふーん……。エルクちゃん……は聞くまでもないか」

「かもね」

いつも、ミナトとの仲を茶化されると赤くなるエルクだが、いきなりでなければ平気らしい。今回は動揺しなかった。

面白く無さそうなシェリーは、湯気《ゆげ》で結露《けつろ》が出来ている天井を見上げて、「あーぁ」とため息をつく。

「かくいう私もさあ、冒険者として尊敬してるのはもちろん、ミナト君のことは一人の女として大好きだし、再三アプローチしてるのに、全然振り向いてくれないのよねー。あまり考えたくないんだけど……もしかして私、眼中にないのかしら？」

「違うと思うわよ？　何ていうかアイツ……あんたのそのアプローチ、だっけ？　社交辞令とか、ちょっと過激なスキンシップぐらいにしか捉えてないみたいだし」

「え？　それを眼中に無い、って言うんじゃありません？」

エルクの言葉に、ナナが首をかしげた。

「いや違う。アレは鈍感なだけ。告白するなら……ストレートで相当わかりやすく、かつ本気だってことを、説得力を伴う形で前面に押し出して言わないと。そうしないとあいつは多分、冗談とか社交辞令だって勘違いするもの」

「何ですか、そのめんどくさい精神構造？」

見事なジト目をエルクに向けるミュウ。

エルクは同じくジト目で何もない空中を睨み――普段はこの視線の先にミナトがいる――呆れを滲《にじ》ませる。

「早い話、あいつは謙虚《けんきょ》を通り越して自己評価が低すぎんのよ、恋愛面で。自分みたいなのが女の子にもてるはずが無いって、心のどこかで思ってんの。ちやほやしたり、言い寄ってくる人がいたりするのは、全部自分の実力とかランクに対する社交辞令だって」

一番長く、一番近くでミナトを見てきたエルクの評価は適切だった。

そのエルクすら知らないことだが、前世で死ぬまで彼女がいなかったミナトは、女性の好意というものに対して酷く鈍感である。

自分に向けられる好意が、『友達』という関係に基づいたものか、それとも恋愛感情が絡んだものか区別がつかず、自動的に全て『友達』意識によるものだと解釈してしまう。

心の奥底に、『自分に恋する女の子なんてそういないでしょ』という、悲しさ漂《ただよ》う先入観があるからだ。

ゆえに、自分への好意に気づかない。

これまで知り合った冒険者や傭兵の中には、異性としてミナトに好意を寄せ、アピールしてきた女性がいた。

しかし、全て『友達』レベルのちょっかいだと思われ、誰一人として気づかれることはなかったのである。

エルクの予想通り、シェリーのケースもまさにそれだった。

シェリーのことを仲間として、友達として好意的に捉えているミナトだが、『ちょっぴり大胆な女の人』とも思っている。

なのでその『アプローチ』は、ちょっと大胆で刺激的なちょっかい、という認識だった。

かつてナナが口にした「言ってくれれば夜のお世話もしますよ?」や、ミュウの「いざとなれば体でお支払いするつもりでしたし」。それらについても、その意思や覚悟は汲《く》み取りつつも、自分への恋愛感情を見出《みいだ》すどころか、予想してもいなかった。

そんな見解をエルクの口から聞いて、シェリーはしばし唖然《あぜん》とした。

数秒後に再起動すると、ぐぬぬぬ……と唸るような声を喉の奥から絞り出し、いきなり立ち上がる。

その表情は、笑っているが……何かを決意したようであった。

バシャッと派手に湯が跳ねて、それを浴びたエルクが迷惑そうな顔をする。

「ふふ……ふふふふ……てっきり照れちゃって踏み切れないとか、もしくは一途にエルクちゃんを好いてるから遠慮してるんだと思ってたけど……まさか『気づいてない』とは予想外だったわね。このシェリー・サクソン、一生の不覚……」

「……シェリーさん、怖いですよ」

ミュウの声が、シェリーに届いたかどうかは疑問である。

「ありがとね、エルクちゃん。おかげでよぉぉぉくわかったわ……私の思い人は、もっと直球でぶつからないと、視界にも入れてくれないってわけね……」

「……まあ、間違ってはいないわね」

全裸で湯船に仁王《におう》立ちし、湯を滴《したた》らせているシェリー。湯気とは別に、やる気や熱気がオーラになって立ち上っているように見えた。

「上等じゃない……信条にそぐわないから渋ってるとか、何か理由があって拒《こば》んでるんだと思ってたけど、違うとわかったら話が早いわ！　我らが鈍感リーダーに現状を正しく認識させて、すぐにでもに男女比一：四のハーレム作ってやろうじゃないの！」

「あ、何気に私達入ってますね」

ナナが苦笑すると、ミュウが頷く。

「ですねー。まあ私は別に……嫌じゃないですけど」

「私もまあ、ミナトさんさえよければ、って感じですかね。恩もありますし……それとは別に、ミナトさんのことはホントに魅力的だと思ってますし」

結局のところ、ナナもまんざらではない。

「あっそ。まあ、恩返しとかを理由にするとアイツ渋るから、そっちのほうがいいんじゃない？」

自分が初めてミナトに思いを告げた夜のことを思い出して、エルクはぽつりと言った。

すると、エキサイトしながらきっちり会話を聞いていたシェリーが、ぎらりと目を光らせた。

「ふっふっふ……決まりね。ここにいる四人全員ヒロイン決定よ！　さぁ皆でミナト君の心をばっちり射止めてハーレム作って幸せになってハッピーエンドといきましょう！」

ナナのミュウが顔を見合わせる。

「女性が言ってるとは思えないセリフですね……」

「ていうか私は別に、お兄さんの妻になりたいわけじゃないんですけど。求められたら応じてもいいかなとは思ってますが、今のままでも楽しいですし……」

「あ、私もです。今の秘書とか事務員っぽい立ち位置も気に入ってますから、ミナトさんの負担を増やしてまで無理にとは……」

「甘いわよ二人とも。そんなんだから、ミナト君が自分の正確な魅力ってもんを……」

そんな会話が繰り広げられるなか、エルクはふと、思いついたような、思い出したような仕草《しぐさ》をして……考え込み始めた。

「どうかしたの、エルクちゃん？」

熱弁の途中でそれに気づいたシェリーが声をかけた。

「ん？　ああ、ごめん、ボーッとしてた。いや、今あんたが言った『ヒロイン』だの『ハッピーエンド』だのって聞いて、ちょっと思い出したことがあってさ」

「？　思い出したって……何を？」

「うん、ミナトが他人の好意に気づかない理由が、そう言えばもうひとつあったかも、って。えっと……『デイドリーマー』の話、あんたらにしたことあったっけ？」

「……？」


それから数分。

「なるほど、ね。まるで、物語の世界を見るみたいな感じ、ってわけか……」

「言われてみれば……確かにお兄さん、そういう所、あるかもですねえ」

納得した表情でシェリーとミュウが言った。

エルクがしたのは、とある思い出話だ。

ミナトと出会ってまだ間もない頃。ミナトが、まるでこの世界を物語か何かのように捉えているのでは、と感じた。

その後、エルクの真剣な思いをミナトが正しく受け止め、親密な関係がスタートすると、そのフィルターは少しだけ取り払われた。

それを聞いていた三人は、それぞれに納得していた。

「そういえば、王都でもたまに居ましたね、そういう人。権力のある貴族とかに多いんですが、なまじ何でもできるばかりにかりそめの全能感を持ち、それが通じなくなって、最終的に破滅する……まあ、騎士団ではそういう人は、最初に徹底的に矯正されるんですけど」

「どうやって？」

「世の中は自分を中心に回ってなんかいない、ってことを心身を問わず徹底的に教え込むんです。上には上がいて、思い通りにならないことなんていくらでもあるって。武力に関してはドレーク総帥や直属クラスがいるので、あっという間でしたね。放っといても勝手に挫折《ざせつ》して、そこから這い上がるか、消えていくか、って感じで」

容易に想像できるな、と、ナナ以外の三人は思った。

メルディアナ王女と訪れた『狩場』での一件で、『直属騎士団』の、そして『団長』クラスの実力を目《ま》の当たりにしていたからだ。

温室育ちのお坊ちゃまやお嬢様はもちろん、英才教育で鍛えられた人物であっても、天賦《てんぷ》の才と不断の努力を併せ持った最強部隊に触れれば、自分が井の中の蛙《かわず》だと知るだろう。

が、だからこそナナは引っかかるのだ。

「でもミナトさんって、そういうの特にないですよね？　別に全能感で調子に乗ってるわけでもないですし、むしろ謙虚っていうか……」

「まあ、全能感を持っててもおかしくない強さではありますけど、それ以上に強い人が周りにいますしね。今もひとつ屋根の下に、片手であしらわれるくらいの生ける伝説が」

ミュウに続いて、エルクが口を開く。

「『グラドエルの樹海』を出る前も、お母さんに徹底的にしごかれてたらしいしね。けど……」

「けど？」

「やっぱり未だに、アイツはどこかそういう見方をしてる気がするのよね。もちろん、そんな気がする、ってだけで……根拠もなければ理由もわからないんだけど」

「でも、エルクちゃんがそう言うってことは……そうなのかもね。今んとこ、その最強の『お母さん』を除けば、ミナト君の一番の理解者だし」

ミナトに『前世の記憶』があるなど、さすがに想像もできないシェリー達。やはりいくら考えても、答えの出ない問いだった。

「でもさあ、女湯でこんな話をしてて、男湯でミナト君が全部聞いてたりしたら、さすがに笑えないわよね」

「大丈夫よ、ミナトは今頃、クローナさんの講義を聞いてる最中でしょ」

シェリーの言葉に、エルクは素直に反応した。

「わかってるってそれは。もしそうだったら面白いな、って話よ」

「ていうか……なんで個人の邸宅に男湯と女湯があるのかしら？」

「いや、別に『男湯』『女湯』ってわけじゃないみたいですよ？　クローナさんが築城の時、湧き上がる温泉を、量の関係でふたつに分けたからだそうで。普段はその日の気分で、ふたつある大浴場のうちどちらを使うか決めてるみたいでした」

ミュウが、ナナの答えを補足する。

「ただ、私達『邪香猫』には男女両方がいるから、分けといたほうがいいってことで。ちなみに男湯（仮）は、ここと違うデザインのお風呂みたいですね、聞いた話だと」

「そうなの？　ぜひそっちにも入ってみたいわね、あとで交渉して交換……いや待てよ、むしろそれを利用して、お風呂を間違えて混浴ハプニングなんてのも……」

「アホ」

エルクのツッコミがシェリーに炸裂《さくれつ》した。

「でも……ミナトさんってすごいお風呂短いですよね。最短で五分以内ですよ？」

「最近じゃあいつ、私達が訓練の疲れで動けない間に自分だけお風呂行って、私達が入る頃にはすでに上がっちゃってるわよね……で、その後すぐ書庫に直行して講義でしょ？」

「最初は私達のこと待ってくれてましたけど……少しでも早く長く講義を聞こうと思って我慢できなくなったみたいですねえ。まあ、別に構いませんけど」

「ていうか、どうやったらあそこまで短い時間でお風呂済ませられるのかしら？　丁寧に洗ってないの？　エルクちゃん、何か知らない？」

「や、そういうわけでもないんだけど、最低限のことしかしないっていうか……あくまでお風呂は体を洗う場であって、よっぽど疲れてない限り、ゆっくりしようとか、入浴を楽しもうって気が無いみたいよ。あとはホラ、髪も短いから時間かかんないだろうし」

「えー、それって人生損してない？」

「今のあいつにとっちゃ講義の時間が削られることの方が損でしょうよ」

「ですね。でも……私からしてもちょっとそれ、もったいない気がしますね。お風呂ってやっぱり……疲れを取ってゆっくり体をいやしたり、こうして友達同士のんびり語り合う場であってもいいんじゃないかな、とは思います」

「そうよね！　ナナちゃんわかってるぅ！　やっぱミナト君は、勉強とか以外にもこういうところでゆっくりのんびりすることも覚えた方がいいのよ！　主に私達と一緒に！」

「あんたは結局そこに帰結すんのかい！」

「……ミナト君はいなくても、僕は男湯に入ってるんだけどなあ……」

貸し切り状態の男湯を堪能《たんのう》しているザリーの、そんな独り言を聞く者は、誰もいなかった。

第三話　『黄泉《よみ》の柱』

「……よーい……ドン！　……よし上出来」

「エルク、タイムは？」

「こんなん速すぎて測れるわけないでしょうがァ!!」

飛んでくるエルクのチョップ。

僕の新魔法『リニアラン』の実験をしている所だった。

これまで僕が……というか、魔法使いや魔力持ちの戦士が高速移動に使う技能といえば、足に魔力を溜《た》めて強化し、高速でダッシュするもの。

普通の魔力でなく『風』の魔力を使えばもっと速くなる。実際、僕はこのやり方で、戦闘の際は高速移動していた。

しかし、新しく完成させた今回の技は、さらに上を行く。

足に『風』の魔力を込めて加速する点は従来と同じだけど、『土』と『雷』の魔力を別口で充填し、それを使って電磁力を発生させて加速。

さらにさらに、体には微弱な『風』の魔力を纏《まと》わせバランサー代わりにして、スピードで体勢を崩さないようにする。

準備完了。

あとは合図と同時に、それらをいっせいに発動させれば……おおよそ十数メートルの距離を一瞬で走破できる、超高速移動術の完成である。

傍《はた》から見ると、速すぎて消えたように見える。最初に見たとき、エルクは僕が空間転移を会得《えとく》したと勘違いしていた。

当然、百メートル走のようにタイムを測ったりできるわけもない。

それゆえに、先ほどのエルクのツッコミが引き起こされたわけである。

まあ、『ドン』て言い終わると同時にゴールに着いてたら、そりゃあね、でも……。

「ん、だいぶ慣れてきたみてーだな。さっきよりちょっとだけ速くなった」

普通に目で追えてる人もいます。

うん、まあ、この人がおかしいんだけどね？　間違いなく。

とまあ、ここ数日はこんな感じ。

『講義』で生み出された新魔法や改良魔法を訓練の合間にお披露目《ひろめ》して、気分転換も図りつつ訓練を進めてるわけだ。

……一部、それによって余計に心労が溜まってる人もいるけど。

「うーっし、んじゃミナト、今日中にとりあえず『ジャイアントインパクト』と『カメレオン』あたりの調整も終わらせておくか」

「あ、どうせだから『リヴァイブ・リボーン』と『MDC』あたりもやっときませんか、師匠《ししょう》？

どれも時間かかりそうですし……手順だけでも」

「ちょっと待ったぁ!!　あんたらこの短期間にどんだけ魔法作ってんのよ!?　てか、『師匠』て……呼び方変わってるし!?」

これらは作製した魔法のごくごく一部でしかない、って言ったらエルクは卒倒《そっとう》するかな。

そして、ああ呼び方？　うん、昨日の夜から『師匠』です。

なぜって……クローナさんは僕にとって尊敬すべき師匠そのものだからです。以上。

☆☆☆

そんな感じでしばらく過ぎたある日。

僕らは訓練を始める前に……師匠から今日は、各自が今まで鍛え上げてきた能力をテストする旨《むね》を知らされた。

と同時に、師匠がぱちんと指を鳴らした、次の瞬間。

「……!?」

僕ら六人は同時に、その身に起こった異変に……そしてその正体に気づいた。

何のことは無い、これまで師匠は僕らに『枷《かせ》』をかけていた。

師匠特製のジャージに編み込まれた、重力増加や魔力拡散といった、訓練時に作動するトレーニング補助用術式である。

それらは常に発動し、僕達に負荷《ふか》をかけていた。気づかないよう徐々に負荷を上げながら。

そう、使うウェイトを日に日に重くするような感じだ。

思えばほんの少しではあるけど、体が重く、魔力のコントロールに苦労する感覚はあった。

僕ら全員がそれに気づいていた。でも、さすがの『霊泉』でも完全には疲れが抜けないのか、程度に思っていた。

実際は、着ている間どころか、脱いでもしばらくの間は様々な負荷を与え続けるという、高度かつ巧妙な魔法が編み込まれていたのだ。

結局このジャージにより、僕らは四六時中ウェイトトレーニングをさせられている状態だったのだ。体は重くなるわ、魔力は拡散するわ、感覚器官は鈍くなるわ……マイナス系ステータス異常のオンパレード。

それらが師匠の指パッチンで解除され、僕らは今、自分の真のスペックを目の当たりにすることになった。

「さて……説明は要らなそうだな。んじゃ、一旦お前ら着替えて来い。お前らの、勝負服にな」

そう言ってクローナさんが指差した先にあるのは、僕らが愛用してきた……黒と、緑と、橙《だいだい》と、赤と、藍《あい》と、黄の服。

シルキーメイド達によって完璧に清潔《せいけつ》かつメンテナンスされた状態で、それらが畳《たた》まれていた。


一言で言えば、必然にして予想通りの結末だった。

ザリーは、ヤギの頭に筋骨隆々《きんこつりゅうりゅう》の体を持つ悪魔『バルログ』を砂嵐の砲弾で粉砕。

ミュウちゃんは、身長四メートルはあろう岩石の巨人『ロックゴーレム』を、覚え立てながら見事に使いこなしている風の魔法でバラバラにした。

ナナさんは、風の魔力を纏って高速で飛び、鯨《くじら》すら捕食すると言われる巨鳥の魔物『シムルグ』に、一発も外さずに魔力弾を撃ち込んで蜂《はち》の巣にした。

シェリーさんは、魔法使うわブレス吐くわで、龍族に匹敵する強さを持つ『ドラゴンアリゲーター』を、火炎耐性の鱗《うろこ》をぶち抜いて一刀両断。

そしてエルクは、かつてトラウマ級の体験をした懐かしの大蛇《だいじゃ》『ナーガ』を、風魔法で攪乱《かくらん》してふっ飛ばし、自慢のダガーで見事に急所を突いて倒した。

稽古着によって、知らない間に鍛えられていた僕らの地力。それを解放した結果、今まで苦戦した、もしくは勝てなかった魔物を圧倒できる力を得たわけだ。

フィジカルの鍛錬や、ひたすら戦って得た経験も、もちろん影響しているだろう。

でもやはり一番大きいのは、『魔力拡散』のバッドステータスに耐えたおかげで、魔力を使った攻撃に爆発力が増したことだと思う。

師匠曰く、魔法攻撃と魔力の効率的な運用との関係は、水を使って火を消す際のプロセスに例えるとわかりやすいらしい。

一本のロウソクの火を消すときに、水をどうやって運ぶか。

手を受け皿の形にして水を掬《すく》って運ぶ。

まあ、火は消えるだろうけど……指の隙間《すきま》から水がこぼれるだろうし、運べる水の量も少ない。

決して効率的とは言えない方法だ。

ひしゃくやバケツを使って、運べる水の量を増やし効率を上げる……これが『トロン』でやった『魔力コントロール』の修業。

一度に使える魔力を上げたり、それをこぼさず扱えるようにして、魔法の威力を上げる。

それに対し、『魔力拡散』の修業はちょっと毛色が違う。方法そのものの質を上げるからだ。

イメージとしては、そうだな……家庭用のホースに、途中にいくつも穴が開いているような感じ。

一応、蛇口から送られた水はホースを通って出口まで行くけど、途中の穴から多少なり漏れるから、穴が無い場合に比べて勢いは弱まるし、水の量も少なくなる。

『魔力拡散』の克服《こくふく》訓練、すなわち『必要ないところからムダに魔力を流出させない』という訓練は、この出口から出る水の勢いを最大化する訓練だ。

しかもホースに開いた穴をふさがずに、という条件付きで。

イメージとしては、ホースの内側にもう一本、一回り小さなホースを通し、実質的にその細いホースで放水するというもの。

そうすれば、穴が開いてるのはあくまで『外側』だけだから、水の勢いも量も保たれる。

それどころか、ホースの直径が小さくなった分、水圧が上がってより遠くに水が届くなど、他のメリットも出てくる。

勢いが強くなりすぎて困るなら、元栓を締めるなり、シャワーヘッドか何かを出口に付けるなりすれば問題ない。

師匠は途中から、さらに『元栓』を締める……つまり使える魔力量を制限するバッドステータスまで付与したため、僕らは魔力を引き出しだけでなく、限られた魔力で戦うのまで上手くなった。

で、それらを解除してホントの本気を出せるようになった結果が、さっきのアレ。

ちなみに、これで修業は『半ば』でしかない。

ここからさらに磨き上げるって言うんだから驚いた。

今回のコレは言ってみれば中間テスト。

『トロン』での訓練では、全員の冒険者ランクがひとつ上がったけど、今回もそれに近い、もしくはそれ以上の実力アップが期待できそうである。

現時点で伸び率が目覚ましいのは、エルクとミュウちゃんである。

現在Bランクのエルクは、Aランクの『ナーガ』を慎重に倒していた。

ミュウちゃんも、魔法の威力・種類ともに爆発的な成長ぶりだ。

『トロン』で学んだ僕、エルク、シェリーさん、ザリーや、騎士団で似たようなことを学んだナナさんと違い、ミュウちゃんは『魔力コントロール』の修業をしていない。

だけど、『ケルビム族』はもともと魔力・魔法の扱いが上手いせいか、どうやらそれもかっ飛ばして成長したみたい。

いやはや、この五人がさらに躍進する……僕が言うのも何だけど、どこまで行くのかホントにわかんないいな。

特にシェリーやナナさんなんか、冒険に出たばかりの頃の僕と、そろそろどっこいくらいまで強くなってるんじゃないかってレベルだし。

子供の『ディアボロス』程度にならちゃいそうだ……亜種だったらわからんけど。

「……ところで師匠、僕の中間テストは？」

「お前のは特別コースだ。今からちょっと出かけるぞ」

え、外出？

☆☆☆

拝啓《はいけい》、エルク。僕は今……ダンジョンに来ています。

……意味がわからない？

じゃあ説明しよう。

どうやら僕の『中間テスト』は、特別メニューで行うと決めていたらしい。

相応《ふさわ》しい場所に連れて行くと言われ、着替えて荷物を纏めると、外に連れ出された。

持ち物はいつものリュックと、スペアの手甲《てっこう》・脚甲《きゃっこう》。

あとは、アルバ。

実はコイツも、僕らみたくみっちりじゃないけど、一応特訓してたんだよね。

内容はいたって単純。

その一、魔力たっぷりの食事を毎日食べる。

その二、僕らと一日中一緒にいる。

以上。

魔力のこもった草花や『霊泉』を使って作られた食事——普通の人が食べたら、魔力に酔って逆に体を壊すような食事を吸収して血肉に変える。

僕ら『邪香猫』が、いろんな魔法や技能を駆使して戦うところを間近で観察する。

擬態で作り出された魔物が、いろんな魔法や技能を使うところも。さらに僕や師匠が新しい魔法を作って使うところも、だ。

あと、たまに僕らの訓練に混ざって、射的の的《まと》以外の何物でもない擬態魔物を、新しく覚えた魔法の練習台として木《こ》っ端《ぱ》微塵《みじん》にする。

……こんなことを繰り返していただけだ。

それだけなんだけど、僕&師匠特製の魔法を、コレでもかってほど吸収したコイツの『もはや手遅れ感』は、推《お》して知るべし。

ともかく、最近出番が少なかったアルバを連れて、僕は中間テストとして、とあるダンジョンに挑むことになった。

今現在、目の前に口を開けている……『黄泉の柱』という名のそれに。

見た目はただの古びた遺跡《いせき》だけど、このダンジョンは地下に広がっている。それもハンパない深さまで。

イメージとしては、地下に向かってドでかい塔が逆さまに建っていて、入り口だけが地上にある感じなんだとか。師匠曰く。

で、僕の課題はこのダンジョンを、立ちはだかる数多《あまた》の魔物を倒して攻略し、最下層でのみ採取できる素材を取ってくることだった。

その素材は、どうやら僕の装備の改良に必要らしい。

師匠は、今までの戦いにおける装備の消耗具合を見て、ただ修理しても、またすぐに使えなくなると判断した。

そこで、僕が弟子になったことのお祝いもかねて、思い切って超バージョンアップさせてくれるそうなのだ。僕の注文なんかも取り入れて。

そのことに深く感謝しつつ、僕はこのテストを受け入れた。

聞けばこのダンジョン、危険度はなんと『グラドエルの樹海』や『暗黒山脈』を上回るＡＡＡ。この大陸全体でも屈指《くっし》の危険区域らしい。

ちなみに師匠なら、ちょっと買い物に行く感覚で行って帰ってこられるとか。

僕のテストにはちょうどいいので、仲間のうち唯一このレベルのダンジョンに潜っても大丈夫だと思われるアルバと一緒に行くことになった。

ここまでは、師匠のペットである『ロギア』という名の『リヴァイアサン』に乗せてもらった。

もちろん空を飛んで、ね。

「じゃ、頑張れよ」の一言を残して飛び去った師匠は、十日後に迎えに来るらしい。遅くともこのくらいあれば踏破《とうは》できるだろうっていう目安だそうだ。

順調に進めば、二、三日で最下層にたどり着けるらしいし、往復で六日くらいか。

迷うかも知れないけど、その時は……アルバに頼ろう。

ゲームなら、ダンジョンには階層ごとのボスがいて、それを倒しながらだんだん下の階に進んでいくのだろう。

しかし、現実のダンジョンにはそんなものはない。

ただダンジョンに棲《す》み着いた魔物の中には、濃密な魔力の影響で突然変異して強力な力を手にし、その階層を牛耳《ぎゅうじ》っている、まさしくボスみたいな個体が現れることもあるらしい。

無論、全ての階層にいるなんてことは無いし、別に倒さなくても進める。

まあ、魔物に出くわすたびに襲われるから、決して楽な道中じゃないな。

逃げることも可能だけど、師匠が出発前に「せっかくだから魔物の素材とか取ったらコレに入れて持ち帰れ」と収納袋をくれたので、僕はよさそうな素材とか、落ちてたマジックアイテムとかは回収しつつ進んでいく。

それとこのダンジョン、意外にも中は広いのだが、人を迷わせるような、迷宮ちっくな構造はしていなかった。

ほとんど一本道に近く、細い分かれ道なんかはない。小部屋もあまりない。

まあその代わりに、身を隠す所が少なくて魔物に見つかりやすいけど。

そしてその広さゆえか、屋内に出てくるとは考えづらい、大型の魔物も普通に現れた。

さすが危険度AAA、なかなか手ごわい敵ばかりだ。

中には、『樹海』にいた奴らがかわいく見えるレベルもいる。

胴体の太さが二～三メートルにもなる、『ナーガ』以上に巨大な蛇『ニーズヘッグ』。

魔法で超常現象を起こし、それを操って攻撃してくる亡霊《ぼうれい》『サイコゴースト』。

巨体に凄まじいパワーとタフネスを兼ね備え、棍棒を振り回す『トロル』。

全身がミスリル（ただし純度に難あり）で作られた魔法生物『ミスリルゴーレム』。

牛頭人身の強力な鬼『ミノタウロス』……ｅｔｃ。

Ａランクより下の敵が出てこないただの地獄。

しかも、上はＡＡＡランクまで多種多様な魔物が襲ってくるため、修業にはうってつけと言える場所だった。

これまで着ていたジャージから解放され、いつもの装備で絶好調な僕は、楽勝……とまでは行かなかったけども、傷らしい傷を負うこともなく、どんどん下層へ進んでいった。

……っていうか、何気に『エレメンタルブラッド』のレベルも上がってるな、コレ？

前より力が出るし、体も軽い。

防御力も上がってて……防ぎ損ねた攻撃が当たっても、ろくに怪我をしなかった。

おまけにこっちにはアルバがいるので、ハンパな防御力の魔物なら、僕の肩の上から放たれる魔力弾や破壊光線で消し飛んじゃうのである。

そんな感じで魔物を倒し、素材を回収し、ついでにマジックアイテムなんかも回収しながら潜っていった。

何度かボス……もとい『突然変異』と思《おぼ》しき強力な魔物にも出くわした。

先日の特訓でも戦った、目を見ると死んでしまう邪眼を持ち、膂力《りょりょく》や敏捷性《びんしょうせい》にも優れた、首の長い牛の魔物『カトブレパス』。

冗談みたいな速さで動き、両前足の鋭い鎌を振り回して岩だろうが何だろうが切り刻む、体長二メートル超で紫色の凶悪なカマキリ『ヘルマンティス』。

強力な闇の魔力を体内に蓄《たくわ》え、それを凝縮《ぎょうしゅく》したブレスを放ったり、魔法まで使って攻撃して来る漆黒《しっこく》の孔雀《くじゃく》『インフェルノピーコック』。こいつは、以前アイリーンさんがくれた、討伐目標リストにいたな。

そして体中を覆う鱗に、力強く羽ばたく翼、鋭い牙や爪を持ち、口から炎のブレスを吐き出すあまりにも有名な魔物、ご存知『ドラゴン』。

いずれもランクAAA。軍の一個連隊が全滅しかねないレベル。

しかし、そいつら以上に手ごわいのが……今まさに戦っている魔物だったりする。

全長三メートルにもなろうかという巨体。しかしそれを全く感じさせない俊敏《しゅんびん》さで、壁に天井にと縦横無尽《じゅうおうむじん》に走り、跳び回る。

力強い踏み込みは石の床にヒビを入れるレベルで、膂力も尋常じゃなかった。

体を包む、真紅の毛並みと黒い縞模様《しまもよう》。

凶悪なほどに鋭い爪と、数十センチはある二本の長い牙を備えた、サーベルタイガーを思わせる恐ろしい外見。

血走った目には、およそ理性と呼べるようなものを感じない。

その名も『ソレイユタイガー』……別名を『太陽の虎』という。

☆☆☆

ソレイユタイガーが床を蹴り、矢のような速度で迫った。

生半可《なまはんか》な使い手なら、己《おのれ》の敗北を悟る間もなく食い殺されて肉塊になる凶悪な噛みつきを、ことなげに体をひねって避けるミナト。

すれ違いざまにその巨体に二、三発の拳を叩き込む。

わずかに体勢を崩したものの、そこまで大きなダメージを受けた様子はない。

ネコ科の猛獣特有の柔軟さと身軽さをフルに発揮して、ソレイユタイガーは危なげなく着地してみせた。そしてすぐさま獲物――ミナトを視界に捉え、再び突撃する。

真っ直ぐではなく、途中で床を蹴って壁に跳び、方向を変えた。一瞬でミナトの視界から消え、側面後方の死角から食らいついてくる。

並の人間の動体視力では追えないその速度も、やはりミナトを相手にするには足りない。

ミナトはバックステップでその射線から逃れ、血肉を渇望《かつぼう》する虎の牙は、二度目の空振りを喫《きっ》することとなった。

先ほどと同じように、ソレイユタイガーはすぐさま体勢を立て直してミナトに向き直る。

しかし飛びかかるよりも前に、今度は逆に、ミナトがソレイユタイガーの視界から消えた。

「やっぱ相手より速く動けるってのは、それだけで結構なアドバンテージだ……ね！」

そんな声が、ソレイユタイガーの頭上から降ってくる。

そこには、『リニアラン』の超高速移動によって跳躍し、天井に足をつけているミナトがいた。

ソレイユタイガーがそれを見上げるより先に、ミナトは動いた。

天井を蹴って勢いよく落下し、背骨を粉砕する勢いで膝蹴りを叩き込む……が。

「お？」

打撃点から伝わってくる感触から、ミナトは虎の背骨が健在であることを悟った。分厚い毛皮と強靭《きょうじん》な筋肉が、予想以上の防御力を発揮している。

それでもやはり強烈だったらしい衝撃に、一瞬だけ体を硬直させていたソレイユタイガーは……

その殺意みなぎる目を背中のミナトに向けた。

そして次の瞬間、凄まじい勢いで横の壁に跳び、壁を蹴って舞い戻る。

狙いはミナトの横っ腹。今度は鋭い爪で襲いかかる。

一方のミナトは、ソレイユタイガーの上に乗った状態だったため、いきなり足場を失った。足が地面についていなければ、『リニアラン』も使えない。

「残念……『スカイラン』」

足の裏に『風』の魔力を込めて噴射し、その反動で、まるで空気を蹴ったように、ミナトはその場から飛びしさった。

数歩後ろにミナトが着地するのと、三度目の空振りを喫したソレイユタイガーが着地するのは、全くの同時だった。

何度も何度も自分の爪と牙を逃れた人間に対し、ソレイユタイガーは怒りと憎悪に満ちた視線を向け、すぅぅぅぅう……と、大きく息を吸い込む。

危険を察知したミナトは素早く横に飛んだ。

次の瞬間、ソレイユタイガーの口から灼熱《しゃくねつ》の炎が噴き出し、今までミナトがいた位置を焼さ尽くした。

途轍《とてつ》もない高温なのだろう。石の床が赤熱《せきねつ》し、たちまち触れることもできなくなる。熱が伝わり、直接炎が当たっていない部分もそうなってしまった。

ミナトの体は炎に焼かれても平気だが、やはり限度がある。

調子に乗らない、過信しない、危ない橋は渡らない……それらを守って堅実に生きていく重要さを知っているミナトは、十分な距離を取って炎を避けた。

炎を吐くソレイユタイガーは、横ががら空きだった。

その隙を見逃さず、ミナトは床を蹴る。

ワンテンポ遅れて、獲物が避けたことに気づいたソレイユタイガー。

射程内全てを焼き尽くさんばかりに、炎を吐きながら振り返ろうとするが、『リニアラン』で接敵したミナトの速度には敵《かな》わない。

ミナトは再びソレイユタイガーの背に乗り、今度はその脳天に、踵落《かかとお》としを叩き込んだ。

鈍い音と共に、ソレイユタイガーの頭が顎から石床に叩きつけられる。その拍子に口を閉じたため、火炎の噴出も止まった。

ミナトはさらに、牙も前足も、後ろ足も届かないよう、虎の巨体を、背中を下にして担ぐ。

「アルバ！　僕の周りに『オキシゲン・ロスト』！　致死レベルで十分くらい！」

――ぴーっ!!

今の今まで離れた所にいた相棒にそう指示して、息を止めた。

同時に、ミナトの髪に『魔緑素《まりょくそ》』が精製され、緑色の光を放ち始める。そこで酸素が作られ、体中に回っていく。

これでミナトは呼吸を必要としなくなった。

同時にアルバが発動させた、空間内の酸素を一時的に奪う魔法『オキシゲン・ロスト』によって、周囲はほぼ無酸素状態になった。

その結果、呼吸のできなくなったソレイユタイガーが、目に見えて苦しみ、もがき出す。

しっかりとミナトに抱え上げられているため、動くことは不可能。

苦し紛れに火炎の息を吐き出そうにも、燃やすための酸素がなかった。

……そのまま数分。

呼吸という生命活動の要を奪われたソレイユタイガーはついに力尽き、動かなくなった。

ミナトは油断せず、虎が絶命したことをきっちり確認してから地面に下ろし、ジェスチャーでアルバに魔法の解除を指示した。

酸素が戻った空間で、ゆっくりと深呼吸する。

そして、最早二度とその目に光を宿すことはなくなったソレイユタイガーに向け、最後に苫しませてしまったことを詫《わ》び、合掌《がっしょう》。

その後……死体を丸ごと、クローナから譲り受けた袋に入れた。

圧倒的な攻撃力と防御力を持つソレイユタイガー。

その素材はかなり有用だろうと判断し、可能な限り損傷させずに倒そうとしたミナトの思惑は、見事に成功した。

毛皮も爪も牙も、ほぼ完全な状態の死骸《しがい》を回収して、ミナトとアルバはさらに奥を目指し、激闘の熱気覚《さ》めやらぬ部屋を後にした。

第四話　想定外の邂逅《かいこう》

「おかしいな……？」

ＡＡＡランクのダンジョン『黄泉の柱』に挑戦し始めて、今日で三日目。

事前に聞いた話だと、この『黄泉の柱』は十三階層から成るらしい。

下りた階段を数えた限り、今十一階層目だから……もう少しで最下層だ。クリア目前なんだけど、今僕は、痛烈な違和感に襲われていた。

昨日からうすうす感じてはいた違和感とは、出てくる魔物の種類について。

八階層あたりから、何だかアンデッド系の魔物が異様に多くなったのだ。

上の階層でも出てきた『サイコゴースト』に加え、師匠の『訓練場』でも見た『スケルトンドラゴン』なんかもいた。

同じくドラゴンのアンデッドとしては、体が骨だけじゃなく腐肉《ふにく》なんかが残っていて、毒性の息を吐く『ドラゴンゾンビ』。

『キョンシー』の強化版で、さらに熟練された体術を修め、アンデッドとは思えないスピードと、キレのある技で襲ってくる『ラオレンキョンシー』。

巨大な鎌を持ち、強力な魔法をも使って攻撃してくる白骨の死神『リッチ』。

そして最も手ごわかったのが、剣と盾、そして全身甲冑《かっちゅう》で武装し、魔力を含めた全てのステータスがアホ程強力なガイコツの騎士『デスジェネラル』だった。

錆《さび》ひとつない装備に身を包み、マントを纏った姿からは、明らかに『その他大勢とは一味違う感』というか、気品が感じられる。

ランクＡＡＡは伊達《だて》じゃなかった。

熟練の冒険者すら一蹴するであろう戦闘技術に加え、体には瘴気を纏い、魔法まで使いこなす。

挙句の果てに、スケルトンだから疲労も痛覚もないデタラメ仕様。

おまけに他のアンデッドモンスターを率いてるし。あれには驚かされた。

分類的には『スケルトン』ではなく、『デス』とか『リッチ』の上位種族っていう話だ。

魔法が使えるのもそのせいだし、知能も高いというのは聞いてたけど……正直舐めてた。

剣にも相当な魔力が込められていて、食らったら僕でも無傷じゃすまなそうな威圧感だった。

連携して襲ってくるアンデッドの手下共も相手にしなきゃだし、『リッチ』は味方を巻き込む魔法を平気で放ってくるしで、本当に大変だった。


そんな感じで、下の階層に行くほどアンデッドだらけになってきたこのダンジョン。

この十一階層じゃあ、ほとんどアンデッドしか出てこなくなった。

おかげで、食べられそうな魔物が見当たらない……まあ、持ってきた携帯食料とか、上の階層でしとめた魔物の肉がまだあるから、食料の心配はないけど。

……師匠からは、こんな場所だなんて聞いてなかった。

試練っぽく、わざと言わなかった？　いやまあ、その可能性もなくはないけど。

いずれにせよ『瘴気』が出てるわけでもないので、明らかにおかしい。

何か……原因があるはずだ。

妙な胸騒ぎを覚えながら、僕はアルバと一緒に、心持ち足早に最下層を目指して歩き出した。

今回、この『黄泉の柱』攻略にあたり、僕は……情報なんてものをほとんどもらってなかったけど、ひとつだけ、あらかじめ聞かされていることがあった。

それは、このダンジョンで僕が目標にすべき『素材』が何なのか。そしてそのために、どこで何をすればいいのか。

……あれ、ふたつか？

まあいいや。ともかく、『どこで』はもちろん最下層なんだけど、『何をすればいいか』。

師匠によれば、この『黄泉の柱』の最下層には、ある魔物が棲んでいる。

その名は『ミュンカガラ』。

魔法生物族に属する魔物で、最下層の主とも呼ぶべき存在。

師匠の書庫にあった資料だと、獅子舞《ししまい》とシーサー——沖縄の屋根にいるアレを足して、二で割ったような、どこぞの部族の獣系守り神みたいな見た目をしていた。

『魔法生物』だからなのか、体は全体的に、動物型ロボットのプラモデルみたいな見た目になっている。作り物っぽくも見えるし、力強くも見える。

顔は獅子舞ちっくな、しかし獰猛さも感じ取れる造形だった。

そんな置物っぽい外見は滑稽《こっけい》にも見えるが、れっきとした、それもどちらかというとSランクに近いAAAランクの魔物である。

攻撃力、防御力、機動力に優れ、舐めてはかかれない相手らしい。

『ミュンカガラ』は非常に縄張り意識が強く、最下層全体がそいつの縄張りになっているという。最下層にはそいつ以外の魔物はいない。侵入してきた端から殺されるからだ。

ゆえに、必然的に一騎打ちになる。

こいつの大きな特徴は、倒されても『核《コア》』さえ無事なら、しばらくすると破片が集まって再生すること。完全に倒すには『核』を破壊する必要がある。

しかし『核』は頑丈で、ちょっとやそっとの攻撃じゃ傷もつかないらしい。

その『核』には、常に大気中の魔力を集める作用がある。そして周囲に、余剰魔力が結晶化した『魔力結晶』という超特殊物質を作り出す。

今回のお目当ては……その『魔力結晶』なのだ。

高純度の魔力が圧縮され固形化した魔力結晶は、儀式魔法の供物《くもつ》にできたり、魔法薬作成の触媒《しょくばい》になったり、マジックアイテムの材料に使える。

様々な用途において素晴らしい効能を発揮してくれる、超のつくほどに有用な素材なのだ。

『ミュンカガラ』を倒し、その『核』の周りにある『魔力結晶』を回収し、持って帰る。これが僕の今回の最大の目的……師匠の『テスト』に合格する条件だった。

しかしいざ最下層に到着してみると、『ミュンカガラ』はすでに体をバラバラにされ、倒されていた。

おそらく数歩先で息絶えている『デスジェネラル』と戦って、相打ちになったのだろう。

こっちも、骨の体がほぼバラバラに粉砕されていた。

よく見ると骨の破片の量が、一体分にしては多い。

数体の『デスジェネラル』が一度に襲ってきて、果敢に返り討ちにしようとしたが、最終的には……ってとこか。

キラキラと青色半透明に輝く球状の物体が『ミュンカガラ』だったと思しき破片の山の中に見えた。『核』と『魔力結晶』ってのは、あれか。

破片から推測するに、『ミュンカガラ』ってのは、大型工事車両並みに体が大きな魔法生物らしい。

『核』もそれに見合った大きさで、直径が僕の身長くらいある。『魔力結晶』も結構な量になりそうだな。

数体の『デスジェネラル』と戦って、相打ちとはいえ全滅させるだけの戦闘力。当初の予定通りに僕が戦ってたら、結構苦戦してたかもしれない。

とりあえず、まあ楽だしいいか、と割り切る。

アルバに、『ミュンカガラ』の再生が始まらないか、広範囲を見渡しながら見張っててもらいつつ、『核』の周りの魔力結晶を急いで剥ぎ取って回収。

どうにか、破片が集結し始める前に間に合った。

重さにして十キロ以上はありそうな『魔力結晶』。これは大量と言っていいだろう。

漁夫の利っぽくゲットしちゃって、ちょっと肩透かし食らった気分だけど、まあいいか。

と思った、その時。

「……？　何だ、あの穴……？」

上り階段に引き返そうとした僕の目に……ふと、変なものが映った。

それは穴。というか……ヒビ。

石の床に地割れが走っている。その幅は人一人を呑み込めそうなくらい大きい。

経年劣化《けいねんれっか》や地震なんかで出来たものじゃないように見える。

割れて穴になってるのはその部分だけで、周囲に細かいヒビなんかほとんどないからだ。

もとからそういうデザインなのかと思うほど、キレイに割れている。

同じ理由で……誰かが大きな力を加えて石の床を力任せに割ったとか、『ミュンカガラ』の戦いの余波で開いた穴、って感じでもないな。何だコレ？

ちょっと気になって近くに行って見てみる。

地割れに見えたその穴の奥、すなわちこの階層のさらに下に……どうやら、大きな空洞が広がっているらしい。まるで、もうひとつ下の階層があるみたいだ。

しかも何だか……妙な空気が漂ってくる。

瘴気《しょうき》のようによどんでいるわけでもなければ、威圧感や緊迫感に満ちているわけでもない。

今まで感じたことのない、形容しがたい『妙な』空気。

この下に何かがある。

というか、何か居る……と、思う。

ひょっとしたら、アンデッド比率が異常に多くなっているこのダンジョンの秘密が、この先にあるんじゃないか。

ちょっと考えた末、『やばそうだったらすぐ戻ればいいか』ってことで、少しだけ『下』に降りて探検してみることにした。

十四階層とでも言うべきその階層は、意外にも空気は澄んでいて、息苦しさは感じない。若干肌寒いけど。

上の階層までは、壁に松明《たいまつ》や篝火《かがりび》があったからそこそこ明るかった。ダンジョンって、誰が用意したわけでもないのに、なぜかそういうのがあるよね……仕様かな。

けど、ここにはそういった光源が無い、完全な暗闇だった。目が慣れたりすることもない。

松明とかをセルフで持ってなければ、探索自体不可能だろう。

もちろん僕は例外。師匠との修業で、暗視魔法『サーモ・アイ』を完成させといてよかった。

赤外線スコープのように、暗闇でも問題なく見える。

……例によって、いつの間にかアルバもその魔法をマスターしてるし。

しかも、火とか太陽とか、超高温の熱源を見ても目が潰れたりしないよう、一定以上の光量は自動でセーブする補助術式付きだ。すごいでしょ？

まあ、光魔法で自分の体を光らせるとか、『魔緑素』の要領で蛍とかが持ってる発光する酵素《こうそ》を作るとか、他にも手はいくつもある。

だけど、新しい魔法を使ってみたいってことで、コレで行く。

しかしこの謎空間、本格的に変だ。

アンデッドモンスターが跋扈《ばっこ》していて、暗闇から襲ってきてうざい。

しかも、Ｅランク程度の下等な『スケルトン』とか『ゴースト』なんかもいれば、上の階層でも出てきたＡとかＡＡの魔物も混在していて、統一性が無い。

そして、今までの階層と同じように瘴気がないのに、この魔物の多さ。

瘴気が満ちている所で、アンデッドモンスターが湧いて出るならわかる。地形的にそういう特性を持ってる所とかあったりするし。

他にも、怨念《おんねん》の渦巻《うずま》く古戦場とか、何万人もの骸《むくろ》が眠っている巨大墓地とか、アンデッドが量産されるような背景を持っているところなら、まだわかる。

稀にだけども、何らかの要因で魔窟《まくつ》と化すこともありえるし。

けど、そういった要因が全く見当たらないこの空間で、どうしてこうも湧いているのか。

……もしかして、アンデッドを生み出している『何か』がいる、とか？

上位のアンデッドモンスターの中には、自らの魔力や血肉を消費することで、眷属《けんぞく》たる下等なアンデッドを生み出して使役《しえき》するタイプもいる。

以前遭遇した『幽霊船』もその類だ。

それに該当する強力な魔物が、自らの魔力でアンデッドを作っているなら、全て説明がつく。

ただ、そういう魔物って大概結構な瘴気を纏ってるから、この階層の空気がキレイに澄んでる理由は相変わらず説明できない。

そしてもうひとつ……むしろこっちの方が重大な問題だ。

その魔物がアンデッドを生み出しているんだとすれば、そいつは上の階層にいたＡＡＡランクの『デスジェネラル』をも召喚、使役できるくらい、強い魔物ってことになるわな……。

……この先、行かない方がいいかも。

さほど危なくならなかったとはいえ、一応苦戦した相手だ。

アレより上となると、さすがに考えただけで背筋が薄ら寒い。

Ｓランクか……もしかしたらそれ以上、かも？

ならば無理して調べるのは賢い選択ではないだろう。

逃げ帰るみたいでかっこ悪いけど……というか実際に逃げ帰るんだけども、戦略的撤退ってことにしておこう。心の中で。

命あっての物種。死んだら終わり、元も子もないんだし。

目的の素材は手に入れたんだし、こんな空間の存在は明らかにイレギュラーだ。

好奇心で虎の尾を踏む前に、さっさと……。


『おや？　こんな所にお客さんとは……珍しいなんてもんじゃないな？』


さっさと帰ろうと思ったその瞬間に、背後からそんな声がした。

タイミングよすぎと言うべきか、悪すぎと言うべきか。

不安ＭＡＸ、テンション急下降のなか恐る恐る振り向くと……そこに声の主が立っていた。

半透明の人間だった。

どちらかと言えば軽装で、清潔感のある服に身を包み、肩当てと胸当てのついた軽そうな鎧《トロい》を装備している。あ、あと手甲と脚甲もつけてる。

背中にはマント。髪はやや短め。

意外と若そうだ。

なんかファンタジー作品に出てくる勇者や王子様っぽい外見で、なかなか様《さま》になっている……それら全てが半透明でなければ。

それと、暗闇の中、体温感知で見てるから、髪も服も鎧も、色とかはわかんないけども……鎧とマントは、どっちかっていうと黒っぽい色かも。多分。

一応輪郭はわかる顔の、ふたつの目だけが『きゅぴーん』と光っている。怖いような、カッコいいような……どっちでもいいか。

しかしこの幽霊（仮）、いつの間にこんな近くまで寄ってきてたんだろう？

見た感じ足はあるけど、足音も……気配も全然なかった。

そして今こいつ、しゃべらなかった？　もしかして相当高位の魔物？

となるとやっぱり、こいつがあのアンデッド軍団の大ボス？

そんな僕の疑問を知ってかしらずか、半透明なせいで表情がほとんどわからない幽霊（仮）は、敵意を抱いてないように見えた。

……それどころか。

『ここに人が来るなんて何年ぶりだろ？　……っていうか初めてだな。君、冒険者？　ここまで潜ってこられたってことは、相当強いんだよね？』

……なぜかテンションが若干上がっているようだった。身を乗り出して、何だか声も浮かれてる感じになってきたような。

こいつもしかして……嬉しがってる？

っていうか、若干気になること言ってたな……？

よく言えばフレンドリー、悪く言えばなれなれしい感じで、幽霊（仮）が歩いてくる。

やっぱり足音がしない。

足音を立てない歩き方でもないんだけど……幽霊だからだろうか。実体がないから足音が出ないとか、そういう感じ？

いやでも、だとしたらこいつどうやって地面を踏みしめてるのか……やめよう。

なんか不毛だ。

とりあえず、こいつが一体何者なのかを知りたいんだが、気がつけば、手を伸ばせば届くぐらいの距離に迫っていた。

敵意・害意は一応感じない。ただ見た目や存在自体がアレなので、それだけで十分警戒する動機にはなると思う。

近くに来て見えるようになったけど、一応鼻や口もあるみたいだ、コイツ。この距離で見るとどうにかわかる。

目が思いっきり光っていてインパクトが強いから、なかなか気づけなかった。

「……あんた誰？　てか、何？　魔物？」

『うん？　……あー、やっぱそう見えちゃうかー。まあ、仕方ないよね、こんな見た目だし』

違うんだろうか？

肩をすくめるような仕草と共に、そんなことを言う幽霊（仮）。

表情も、心なしか『やれやれ』って感じになってる……ようにも見えるし。

『そうは見えないだろうけど……一応さ、僕、人間なんだよ。わけあってこんな姿になってるけどね。魔物じゃないから、安心して？』

ははは、と軽い感じで笑う幽霊（仮）。

一見フレンドリーなこの態度が計算なのか素なのかは、考えてもわからんからとりあえずスルー。

同時に、今言ったことを信じるかどうかも保留しよう。

油断していい相手じゃ無さそうっていうのは、肩の上のアルバが警戒するように小さく鳴いたことと、こいつの後ろを見てわかった。

すたすた歩いてきたこの幽霊（仮）の背後には、甲冑姿の、もはや見慣れたガイコツがいた。

しかも二体。

こんな近くに来るまで、二体もの『デスジェネラル』の接近に気づけなかった。

しゃべる幽霊（仮）といい、この階層に下りてからおかしなことばっかりだ。

幽霊（仮）は、僕の警戒する視線に気づいたらしい。

『ああ、ごめんごめん、驚かせちゃった？　大丈夫だよ。僕が命令しない限り、襲ったりしないから。ついでに言えば、僕と一緒にいれば、ここにいる他の連中も警戒しなくてＯＫ』

「……それってつまり、あんたがここのボス、ってことでいいわけ？」

『そうだね。ああでも、さっきも言ったけど、僕自身は魔物じゃないからね？』

そうは言っても、今のカミングアウトで、より一層さっきまで僕が考えてた『眷属生成能力を持つ上位アンデッド』説が有力になって、『幽霊＝人間』と思いづらくなってきちゃったんだけど。

そもそも、こいつは自分のことを『人間』だと言うけれど……仮にそうだとしたら、いったい何がどうなったらこんな幽霊みたいな姿になるんだ？

まさかとは思うけど……本物の幽霊？

……それもありうる、のか？　こんなファンタジーな異世界だし。

その謎の人物は、僕の目の前で『デスジェネラル』×２に『何もしなくていいからね？』と、友達に話すみたいに言っている。

ホントにボスみたいだ……二体も普通に言うこと聞いてるし。

すると、ふと思い出したような仕草で幽霊（仮）は僕に向き直り、さっきまでと同じ笑顔で、こんなことを提案してきた。

『そうだ！　ねえ、君……あー、まだ名前聞いてなかったね。けどまあいいや。あのさ、もしよかったら僕の家にこない？』

「家？」

『そう、家。ああ、まあ、実質この地下空洞全体が家というか、庭みたいなもんだけど……一応、座ってくつろげるスペースくらいはあるんだ。掃除もしてあるし。そこで、長らくご無沙汰な外の世界のこととか聞かせてくれないかなー、って。ダメ？』

なんか、前触れもなく家（？）にお呼ばれした。

いや、いきなりそんなこと言われても……返答に窮《きゅう》するんだけど。

幽霊の本拠地になんて、あんまり行きたいと思わないっていうか……正直怪しい。

B級映画とかだったら、そのまま生きて帰ってこられないパターンじゃない、これ？

『えー、ひどいなあ君。その顔、怪しんでるでしょ……こんな風に目と目を合わせて、正面から本音で話してるのに、どうしてそんな風に思うのさ？』

「あんたの全身が半透明で、合わせてる目が赤く『きゅぴーん』て光ってたらそりゃ怪しいし、それ以前に怖いんだって普通に」

『他人を外見で判断するのはよくないよ？』

「だからって外見を完全に無視して判断できるわけじゃないでしょ。特にあんたはその決まり文句の例外にしても差し支えなさそうなビジュアルなんだから」

……なんか、軽口の応酬。

ますます幽霊としゃべってる感じしないな。同い年の、ノリのいい同級生としゃべってるみたいな感じだ。ちょっと前世の、中学時代の休み時間とか思い出した。

ともかく、この幽霊（仮）……ってか、いい加減名前とか知りたいな。呼び方に困る。

……そんなもんがあるならだけど。

そう聞くと幽霊（仮）は「ああ」と呟《つぶや》いて、手をポンッと打ち鳴らす。

そういえばそうだった、とでも言う風に。

『そっかー、自己紹介まだだったねそういえば。失敗失敗』

そして、ばつが悪そうに頬をぽりぽりと掻きながら、その幽霊は僕の目を真っ直ぐ見て……特に何も考えずだろう、こう名乗った。

『初めまして。えーと……君の名前も後で教えてね？　僕の名前はミシュゲイル・クルーガー。しがない死霊術師《ネクロマンサー》さ。あ、名前長ければミシェルでいいよ？　よろしく』

「……えっ？」

ごく普通に、あっさりと告げられたその名前は、僕を驚かせるものだった。

『……？　どうかした？』

『ミシュゲイル・クルーガー』……この幽霊（仮）の名前が？

それって確か、半世紀ほど前から行方不明の、九番目の兄さんの名前じゃ……!?

第五話　ネクロマンサー・ミシュゲイル

「今日でちょうど五十年か……ミシェルの奴がいなくなってから」

「このけったいな墓石ができてから五十年でもあるわな」

王都ネフリムにある国営墓地。

ミナト達が去ってしばらく経ったある日のこと。

『ミシュゲイル・クルーガー』の名前が刻まれた墓標の前で、ぼやくように言う二人がいた。

ミナトの兄ダンテと姉キーラは、お供《そな》えも持たず、手ぶらで立っていた。

管理者によって清掃が行われるため、墓石に目立った汚れは少ない。

材質にもよるが、数十年・数百年の月日による経年劣化でもない限りは、光沢を保った墓石が多かった。

いくつかある希少な、もしくは高級な素材を使っているものはそれが顕著《けんちょ》だ。

しかしその中でも、二人が前にしている『ミシュゲイル・クルーガー』の……兄弟姉妹の多くが『ミシェル』と呼ぶ彼の墓標は、特に異質だった。

半世紀も前に作られた墓標だが、光沢は見事なもので、汚れひとつ、傷ひとつない。

他の墓標には、さすがに小さな傷や汚れのひとつやふたつ、ついているにもかかわらずだ。

それもそのはず。この墓標……同じエリア内の他の『キャドリーユ』家の者達の墓標とは、見た目も素材も違う。

他の墓標もその昔、子供達の供養《くよう》のためにリリン自らが用意した、上質な素材で作られている。

だがミシェルのものだけ色は漆黒。黒曜石のような透明感のある黒色と、磨き上げられた見事な光沢を併せ持っていた。

というか、そもそも正確には墓『石』ではない。

何しろ石ではなく、骨で作られているのである。

おそらくは何かの魔物の素材であろう、正体不明の謎の骨だった。

金属すらしのぐ硬度と強度、そして経年劣化しない美しさを持っており、さらにはひとつの巨大な骨塊から削り出されたかのように、つなぎ目もなく滑《なめ》らかだった。

そしてもうひとつ、この墓が異質である理由があった。

この墓標は、ミシュゲイルが行方不明になった翌年に、ある日突然、いきなりここに現れたのだ。

どこの誰が、何のために作って置いていったのか、何もわからなかった。

にもかかわらず、この墓が撤去されないのは、八十年前にリリンがこの『キャドリーユ』の墓地全体にかけた守護の魔法術式と、それを補助するクローナ特製の強力なマジックアイテムがあるから。

敷地内の墓を害しようとすると、強力なシールドが自動的に発動する仕組みになっているのだ。

墓荒らしなどから愛する子供達の眠る場所を守り、安らかに休ませてやりたい、というリリンの親心から作られた防御術である。

この術は施術者であるリリン以外には解除できず、破るには、ドレーク級の実力者の全力攻撃を叩き込まなければならないので、放置されている。

そんなことをしようものなら、墓地どころか王都が大変なことになる。

そして、このような形で勝手に墓を……愚弄《ぐろう》するような形で置いていかれたというのに、家族が黙っているのにはもうひとつ理由があった。

この墓地には……実はもうひとつ、特殊な術式がかけられている。

まだ死んでいない者の墓を勝手に建てようとすると、防御の術が働いてそれを許さないのだ。

つまり墓が建つということは、その兄弟がこの世にいない証拠になるのである。リリンとクローナが用意した仕組みを信じるならば。

そして実の所、そうなった場合にお節介で勝手に墓を用意して、知らぬ間に置いていきそうな奇特な知り合いにも、何人か心当たりがあった。

死者の霊魂や遺骨を操って術を繰り出す『死霊術師《ネクロマンサー》』ミシェルへの皮肉として、骨の墓などというものを置いていきそうな奴に、だ。

ただそれでも、ミシェル自身を知ってる兄弟姉妹は、彼が死んだとは思っていない。何かの間違いだろう、と思っている。

ゆえに、失踪《しっそう》からちょうど半世紀という理由で、ここに来てみたものの……二人とも、お供えは持っていないのである。

死んでいなければ墓はない、しかし死んだとも思えない弟のことを、その名前が刻まれた謎の墓標を眺めながら、複雑な思いでダンテとキーラは思い返していた。

……その時。

――バキャァッ!!!

「……っ⁉」

唐突に、何の前触れもなく、二人の目の前にあった、漆黒の骨の墓標が砕け散った。

ちょうど同じ頃。

遠く離れた『黄泉の柱』の地下深くで起こった、とんでもない出来事をリアルタイムで伝えるかのように。

☆☆☆

「あっはっはっは、そうなんだー？　じゃあ、修業でここへねえ……なるほど、道理でここまで来られるぐらい強いわけだよ、僕の弟だったんだね。いやー、半世紀もここでぐーたらしてる間に、まさか兄弟が増えてるとは思わなかったなー。母さんあの様子だったから、てっきりもう増えないと思ってたんだけど」

「……ホントに五十年もここに引きこもってたの？　よく孤独のあまり死ななかったね、僕だったら、空腹とかがなくても、さびしくてどーにかなっちゃいそうだよ」

「うーん、実は僕自身も驚いてるんだよね、ちょっとだけ。いやー、人間わかんないもんだよホント。しかし、長生きはしてみるもんだなあ……まさか僕以上に異常なのが兄弟に生まれてくるとは。一応僕、あの二十五人の中でもヤバい一人だった自覚あるんだけど」

「異常って……酷くない？　出会って早々、頭ごなしに……」

「ごめんごめん。でも、ダンテ兄さんやクローナさんからもそう言われたんでしょ？」

「……まあ、言われたけどさ」

こんな感じで、ただいま僕……さっき僕の実兄であることが明らかになった、元幽霊、現イケメンのミシェル兄さんと、僕が持ってきた保存食とジュースでお茶してます。

いや、しかしびっくりしたな……目の前で、半透明な幽霊がゆっくり実体化するなんて。髪や肌の色素もはっきりしてきて、三十秒ほどで、滲み出すように黒髪黒目のイケメンに変わった。

しかもその人が、行方不明の僕の兄だってんだから、なおさらびっくりだよ。

名前は『ミシュゲイル・クルーガー』。通称『ミシェル』。

キャドリーユ家九男にして『死霊術師《ネクロマンサー》』である。

禁術の中の禁術『死霊術《ネクロマンシー》』を操る存在だという。

世間一般でも思いっきり『禁忌《きんき》』指定されており、悪魔がもたらした術とか、この世の理《ことわり》を捻《ね》じ曲げるとか言われ忌避《きひ》されていた。

さっき簡単に説明してもらった所によると、このミシェル兄さん、五十年もの間ここにこもっていたらしい。

自分の体を霊化させる、『死霊術』に数えられる闇の魔法によって、飲食を始めとした生理現象とは無縁の状態になるそうだ。

つまりは、さっきの半透明の『幽霊モード』だ。

ああなると、実体がなくなるため物に触れたり出来なくなるんだけど……代わりに今言った通り、飲食なんかの必要が一切なくなる。

さらに、霊的な能力をいくつか使えるようになり、手を触れずに物を動かしたり、壁を通り抜けたりできるようになる。

それを利用してミシェル兄さんは、この光も届かない地下深くにずっと引きこもり『死霊術《ネクロマンシー》』の研究をしていたらしい。

五十年前、ミシェル兄さんは禁じられた技法を操る者としてそこそこ知られた存在で、いろんなことを言われたらしい。

『死霊術』を忌避してミシェル兄さんを非難する人や宗教団体もいたし、それを使うという理由で兄さんを悪魔の化身呼ばわりして殺そうとした人もいた。

それを返り討ちにしてたら、余計に非難されるようになった。

逆に兄さんを有用な人材として召し抱えようとする人もいたそうだ。

その多くは、よからぬ目的のために『死霊術』を利用しようとする人だったらしいけど。

あと、非常に珍しいケースだけど……純粋に魔法学問の探求のために、『死霊術』を分野のひとつとして捉え、研究のために兄さんに協力を依頼する人や団体もあったとか。

けど、そもそも『面白そうだから』『興味があるから』という理由で、倫理も何もかもぶっちぎって『死霊術』の研究と行使を始めた兄さんは、他者に興味がなかったので、いい誘いも悪い誘いも全部纏めて断っていたそうだ。

しかし、断っても断っても、誘いも刺客も際限なく湧いてくる。

まあ、無理もないだろう、兄さんの使う『死霊術』は、それだけ異質で……そして強力だったそうだから。

魔力を用いて擬似的な霊魂を作り出し、『付喪神《つくもがみ》』みたいなものを作ったり。

死体や白骨に術式を施すことによって、アンデッドの魔物として蘇生させて使役したり。

ある程度までの魔物なら、自分の魔力を消費することで、『幽霊船』や上位の魔物がやる『眷属召喚』みたいにして作り出すことができたりだとか……とにかく珍しい。

それ以上に、おぞましい……って感想が一般的だったそうだけど。

そんなミシェル兄さんの力目当て、もしくは討伐目的で来る人達がいい加減うっとうしくなった兄さんは、一計を案じた。

自らの死を偽装するという、色々とツッコミ所満載な荒業を。

それこそが……僕が王都滞在最終日にドレーク兄さんから聞かされた、ミシェル兄さんが行方不明になった時の出来事だった。

紛争が激化していた地域――この近くらしい――に赴き、そこでわざと姿をくらますことで、自分が戦争に巻き込まれて死んだ、もしくは行方不明になったと世間に思ってもらう。

そしてそれによって、もう探さないでもらうという計画だ。

事実、そうなった。

ミシェル兄さんは公式には死亡したことになり、王都には墓まで建てられた。

しかし実際は、この『黄泉の柱』の中に潜んで体を霊化させ、食べ物も飲み物も、トイレも風呂も必要なくし……今の今まで『死霊術』の研究に没頭していたんだそうだ。

ていうか、あの墓標を用意したのも、ミシェル兄さん自身らしい。

術式を組んで自分が『霊化』すると、あの場所に、魔物の骨素材を『死霊術』をフル活用して加工して作ったオリジナルの一品が設置される仕組みだった。

僕から成功していると聞くと、おかしそうに笑っていた。

自分の死亡説に現実味を出すためにやったらしい。

そして、おそらく今頃あの墓標は粉々になっているだろう、とも話していた。

あの墓地には母さんが特殊な魔法をかけているが、その魔法は多分、今の今までミシェル兄さんが『霊化』していたので、誤認して発動しなかったんだろう、という見解と共に。

魔法を解除して『実体化』した以上、自分は再び『生きている』状態になった。

ゆえに、こうして僕が持ち込んだ食料なんかでお茶できるし……姿もはっきり見える。

けど、生きている間は墓を作れないあの墓地の魔法の効力も復活し、兄さんお手製の墓は無用の長物になったから、術式によって排除されるだろう、ってわけだ。

「いやーしかし、やっぱり何だかんだで生身の肉体もいいね。飲み食いしなくていいのは楽だったけど、味気なくもあったからなあ。久しぶりの食事はいいもんだよ」

「そりゃよかった。五十年ぶりの食事だもんね－……ああでも胃袋とか弱くなってたりしないの？　病人とか、久しぶりに食事するような人って、いきなり食べると胃がびっくりしてお腹壊すとか聞いたことあるけど」

「大丈夫だよ、『霊化』してたってことは、そもそも肉体の成長も劣化も起こってないからね。筋力も落ちてないし、内臓も全部正常に動いてるはずさ」

ごく普通にそう言ってのける兄さんは、僕のマジックアイテムの水筒からアップルジュースを自分のコップに補充して飲む。

まるでワインを飲んでいるかのように舌の上で転がし、堪能していた。おいしそうに。

黒髪に黒い瞳のミシェル兄さんは……よく見てみてわかったんだけど、僕と同じかそれ以上の童顔だ。どう見ても、十代後半にしか見えない。

っていうか、実際のところ本当に若いらしい。肉体的に。

というのも兄さん、『死霊術』を使う過程で、その副作用なのか何なのか、肉体的な老化が非常に遅くなった。

おそらくこのまま行けば、エルフなどの長命種並みに長生きしそうだとか。

しかも、『霊化』してた時は老化が止まってたから、ミシェル兄さんの肉体年齢は実年齢よりも相当若い。

今年で百八歳らしいけど、そこから半世紀分引いて実質五十八歳。

さらに老化の遅延により、ミシェル兄さんの残りの寿命はおそらく数百年単位であるだろうとのことだった。

それらを総合的に考えたミシェル兄さんが、どう結論を出したかと言うと……途中でめんどくさくなって考えるのをやめたそうだ。

今は生きられているんだから、先のことはわかんないし過去のこと振り返っても仕方ないし、別にいいか、と。

何とも豪快なことである。適当とも言えるけど。

それにしても……『死霊術』かぁ。

「……ところでさ、ミナト？　死霊術に興味でもあるの？」

「えっ？　何で？」

「いや、だってさっきから、そっちに何度も視線が行ってるから。丸わかりだよ？」

うっ……ばれてたのか。

『してやったり』って感じの表情で、楽しげにそんなことを言うミシェル兄さん。

どうやらさっきから僕の目が、部屋の隅に無造作に積まれている、兄さんがこの半世紀の間に書き溜めたという『死霊術』に関する研究資料に、ちらちら行っていたことに、とっくに気づいていたらしい。

いや……ご名答。さすが兄さんだ。今日初対面だけど。

お察しの通り……禁忌だとか忌避されてるとか、そのへん割とどうでもよくて。

今まで学ぶ機会のなかった、新たなジャンルの魔法に……僕の好奇心は非常に刺激されている。

そりゃもう刺激されまくっている。

困るくらいに。

兄さんの許しさえ得られれば、すぐにでも読んでみたい。

「いいよ別に？」

「ありがと。じゃ早速」

はい有言実行。

とりあえず順番とかわかんないから、端から読ませてもらおうかと思ってその紙束に手をかけようとしたら……『その代わり』と、言いながら兄さんに肩をつかまれた。

ああ、何か条件でもあるのかな、と思って振り返ると……そこには、見た目一発『何か企《たくら》んでます』的な素敵な笑みを浮かべたミシェル兄さんがいた。

開き直ってるのか、その独特な空気というか雰囲気を隠そうともせず、ずい、と僕の方に身を乗り出す。

「正直さ……僕は僕で、君に興味があるんだよね、ミナト」

「……ごめん、僕、普通《ノーマル》に女の子が好きなんだ」

「そっち方面じゃないから安心して。僕が言いたいのはね……」

一拍。

「あのクローナ女史に気にいられ、母さんやノエル姉さんに警戒されるほどの君の才能がどんなもんなのか。どんな価値観を持っていて、どんな魔法を作り出していて、これから先どういうことをしていくのか……って感じのところだよ」

黒い笑みはそのままに告げた兄さんの目は、『資料は読ませてやるからお前の話も聞かせろ』と雄弁に語っていた。

……まあ、それくらいならいいか。もちろん話す内容は選ぶけど……。

僕の直感だと、どうもこのミシェル兄さんとは……そういう物事関連で、かなり楽しい話し合いが出来そうな予感がするのである。

何というか、この先に進むと取り返しがつかなくなるような、危機感とか切迫感みたいなものをうっすら感じるもので……。

え？　それはむしろまずいんじゃないかって？

大丈夫大丈夫。

だって……クローナさんと会った時にも、同じ感じの予感してたから。

数十分後。

僕とミシェル兄さんは、『黄泉の柱』の入り口から……明るい日の光が照らす外の世界へ、二人そろって戻ってきた。

降りる時は二日ちょっとかかったけど……その辺にいた『スケルトンドラゴン』を兄さんが『死霊術《ネクロマンシー》』で操って足代わりにして、一気に飛んでここまでつれてきてくれたので速かった。

というか、やたら多かったアンデッド、やっぱり兄さんの仕業だったようだ。

研究の段階で作ったやつらを放置してたら、いつの間にかダンジョンの数階層を占拠するくらいの数と強さのが溢れてたらしい。

……怖いなおい。

話し合った結果、僕という新たな兄弟が出来たことで、おそらく世界が劇的に面白くなるであろうと兄さんは思ったらしい。

そして、その新しい世界でまた暴れてみるのも悪くないと考え、『黄泉の杜』の地下十四階層（仮）という暗黒の領域から、半世紀ぶりに外へ出ることに決めたそうだ。

また、僕と意気投合して順調に暴走しつつあるクローナさんにも直接会って、話がしてみたいらしい。すごいことになりそうだけど……どうしよう、僕も興味ある。

この三人で、いろんな魔法やマジックアイテムの討論会をやってみたい。

危なそうだけど、めちゃくちゃ面白そうだ。

……いいよね？　初めて会った兄と、お互いの趣味を通して交流を深めるだけなんだし。その兄を、お世話になってる師匠に紹介するだけなんだから。

そんな感じで、僕は、欲望に抗えない人間の愚かしさを自虐的に受け止めつつ、半世紀もの間地下に潜っていた『死霊術師《ネクロマンサー》』の兄と共に、『スケルトンドラゴン』の背中に乗って飛び立った。

『夢魔《サキュバス》』と『吸血鬼』と『死霊術師』という、異質な三人で卓を囲み、楽しくお話しする……そんな、危険な香りのする未来に思いを馳《は》せながら。

第六話　『邪香猫』魔改造計画・続編

僕とミシェル兄さんが師匠の城に自力で戻ってきた時、そりゃもう驚かれた。全員に。

予定では僕は、『黄泉の柱』に入ってから十日後に師匠に迎えに来てもらって、それで帰ってくるっていう予定だったにもかかわらず、折り返し地点にもまだならない四日目の夕方に、僕の方から戻ってきたんだから。

しかも、行く時にはいなかった『誰か』と一緒に。

一応きちんと僕からミシェル兄さんについて説明はしたものの、やはりというか何というか、皆驚きを隠せないようだった。

ただし……師匠をのぞいては、だけども。

どういうことかというと、実はこの二人、なんと面識があったのである。

一世紀近く前のことらしいんだけど、何かの用事で母さんに会いに来てた師匠は、当時すでに『死霊術《ネクロマンシー》』に傾倒《けいとう》しつつあった兄さんを、僕と同じ理由で気に入り、意気投合したそうだ。

そして、弟子に取りこそしなかったものの……色々とアドバイスを残し、将来に期待して別れたのだという。

機会に恵まれず、それ以来会っていなかったそうだけど、師匠の記憶力たるや素ン晴らしいものがあり、たった一度、それも子供の頃に会ったことがあるだけのミシェル兄さんをきっちり覚えて て、その姿を見るや『おー！』と声をかけてきた。

そして、簡単な説明の後、師匠自ら兄さんを城にご招待して……そのままミシェル兄さんも一緒にここに滞在することが決まった。トントン拍子に。

そして当然のことながら、ただ昔話をして盛り上がるためだけに、師匠がミシェル兄さんをこの城に泊めた……なんてことは全くなかった。

そのことは、師匠が兄さんと会った時、訓練場で僕と模擬戦をしていたあの時と同じ、凶悪な笑みを浮かべていたことからもよくわかった。

そして、僕と同様にその笑顔を見ていたエルクは……その時すでに、途轍もなく嫌な予感に襲われていたそうだ。

しかもその予感……約十分後に現実のものとなったのである。

「あ、エルクー。急遽《きゅうきょ》なんだけどさ、今日から僕と師匠、ミシェル兄さんも入れて三人で色々と共同研究進めることになったから♪」

……僕のこんなセリフをもって。

後にエルクは語った。『あの時割と本気で、世界崩壊のカウントダウンが始まったんじゃないかと思った』と。

……失礼な。

☆☆☆

僕を含め、全員が『中間テスト』を無事終えたということで、僕らの特訓はさらにひとつ先のステップへ進んだ。

と言っても、カテゴライズするならあくまで『基礎訓練』の枠を出ないだろう。強くなった各自の力を上手く使いこなす訓練、ってだけだし。

数日前に判明した、師匠の修業によっていつの間にか鍛えられた、僕らの真の力。

『テスト』の結果からわかることではあるけども、それらは、これまでの僕らが持っていた力とは明らかにレベルが違う。

頼もしい反面、上手く使いこなせなければ完全に宝の持ち腐れになるし、最悪制御できずに自滅する危険性もある。

だからこそ、それを上手く制御する訓練が必要になるわけだ。

僕が『黄泉の柱』に入っている間、エルク達は師匠が監修したメニューでそれぞれ訓練に没頭していた。

大きな魔力を安定して武器に纏わせ攻撃できるようにしたり。

行動および攻撃の素早さや精密さを損なわず、一撃一撃の威力を上げたり。

各々《おのおの》が自分に合った方法で、自分が窮めるべき技能に徹底的に磨きをかけ、膨れ上がった『力』を最大限効率的に使えるように研鑽《けんさん》を積んだそうだ。

結果、エルク達五人はこの数日の間に、技とかテクニックとか以前に、自分の『地力』そのものを大幅に底上げすることに成功した。

シェリーさんの剣は、Aランクの魔物だろうと一撃で焼き尽くし灰にする威力になっていたし、ナナさんの射撃は針の穴を通すような精密さと鉄板を楽に貫通する威力を併せ持っていた。

ザリーは視線誘導と砂の遠隔操作なんかを上手く使った、相手の意表を突くようなトリッキーな戦い方を窮めていたし、ミュウちゃんは魔法の威力から使える魔法のバリエーションに至るまで、満遍《まんべん》なく大幅にレベルアップしていた。

そして、今回一番成長幅が大きかったのはなんとエルク。

師匠の予想を大きく上回る形で、全能力が大幅なパワーアップを遂げていた。特に、魔力その他、魔法戦闘に必要とされる能力・感覚のそれは顕著だという。

魔力の絶対量ではさすがに劣るけれど、魔力系統の出力やコントロールの精密さは……なんと『ネガエルフ』であるシェリーさんに並ぶというから驚きだ。

前々から顔を覗かせていた、エルクの謎の才能の正体が、ここにきて本格的に気になってきた。

一体エルクは、何を『持って』るんだか……？

そんな感じで、エルク達は自分達の『力』の制御を完全にモノにして、その成長を確固たるものにしたわけだけど……そこにいたって、師匠の『邪香猫魔改造計画』は、最終段階に移行することとなった。

さて、今のエルク達は、RPGで例えれば、経験値を掻っ込みまくってレベルを上げに上げた状態である。ザコの魔物とかなら、装備なしでも素手のワンパンで倒せるような。

ステータスも相応に高くなっていて、一定のレベルまでなら、小細工一切無しでもガンガン戦えると言っていい。

上辺だけの力や技、装備なんかで強くなったような、危うくてもろい『強さ』じゃなく、さっちり土台から順々に固めていって形にした『強さ』だ。

中身のないハリボテのそれより、よっぽど頼りになると思う。

ただし、ここで勘違いしてはいけない点がひとつ。

今、『上辺だけの強さ』を僕は否定するような言い方をしたけど、その『上辺』をおろそかにしていいわけじゃあない。

中身が伴ってこそ意味があるってだけで、『上辺』は『上辺』で重要なのだ。

逆に言えば……中身が伴ってるなら、今度はそれに相応しい『上辺』をつけてやることも、より強くなるためには必要なことなのである。

……つまり、何を言いたいのかというと。

エルク達は地力が相当な所まで来たわけだから、それに見合った強力な装備や技を身につけ、それを使いこなすための修業を、魔改造計画の最終段階として行う……ってことだ。

僕、師匠、ミシェル兄さんの三人が共同研究の末に製作した、常識も自重《じちょう》も何もかもぶっちぎった超問題作のフルコースで、ね。

ふっふっふ……。

「と、いうわけで、今後使っていく武器配るよー、集合ー」

「……昨日の訓練終了後、武器の改造と強化をするってんで私達の武器集めた時は『ついに来たか』と思ったけど……まさかホントに一晩で終わらせるとはね……」

朝、いつも通りの時間に『訓練場』に集合した、いつものメンバー五人。

昨日の訓練終了後のこと。僕を含めてこの六人は、師匠に言われて自分達の装備を一度、師匠に手渡してある。師匠に強化・改造してもらうために。

理由はさっき言ったとおり、自分達の今の力に見合った装備を身をするため。

その方が強くなれるのはもちろんだけど、ぶっちゃけ今のままの装備じゃ、パワーアップした僕らの力に耐えられるか微妙なのである。

普通の鉄製の手甲や脚甲を僕が使うと、魔力負荷で吹き飛んじゃうように。

そういうわけで、『邪香猫』装備全面リニューアル、っていう運びになったのだ。

エルクの武器をのぞいて。

エルクの武器……水晶の刃のダガーは、彼女のお母さんの形見であり、改造とかそういうことをするのに、エルクが難色を示したのである。

まあ、思い出の品なんだ。無理もないだろう。

しかし幸運なことに、エルクのダガーは強化改造しなくても大丈夫だった。もともと強力なマジックアイテムだったのだ。

水晶の刀身――無論、ただの水晶ではない――は、金属以上の強度と魔力を増幅する機能がある。ただのダガーとして使っても十分強いけど、使い方次第でいくらでも強い武器になる。

普通の冒険者だったらしいエルクのお母さんが、一体どこで、どんな経緯でそれを手に入れたのかはわからないけど……まあ、それはひとまず置いておいて。

ともかくそんなわけで、エルクの武器だけは改造しなくてもＯＫだったのだ。

思い出の詰まった武器をいじられずに済んで、エルクはホッとしていた。

直後、師匠に『むしろお前の方こそもっと強くなれ。そいつに見合うレベルまで』って言われて、微妙な顔になってたけど。

ああ、思い入れで思い出したんだけど……シェリーさんの剣も、肉親どうこうじゃないけど、(勝手に持ち出してきた)実家の家宝とかだった気がする。

なのに、改造するって言われても普通に師匠に差し出してたから、いいのかって聞いたんだけど……家宝でも別に思い入れは無いらしい。

強くなれるならそっちの方がいいし、むしろ堅っ苦しい実家や村の風習も小馬鹿にできて一石二鳥だとか言って、快《こころよ》く(?)差し出してくれた。

で、それらの武器を、僕ら三人で夜を徹して改造し……それらとは別口で、事前に作っておいた皆用の新装備一式と合わせて、今から配るのである。

ちなみに、その際に使った素材その他は全部師匠に出してもらった。

こんな至れり尽くせり的なことでいいんだろうか、と思ったけど……趣味の研究・開発も兼ねた作業だから気にしないし、『女楼蜘蛛』時代に溜め込んだ素材各種が、空間拡張した貯蔵庫に数トン単位で眠っているそうだ。

というか、そんなことより、僕らで考えた新しい魔法理論や、化学や物理学といった僕の前世知識等々を織り込んだ新魔法アイテムを作るのが楽しみで仕方ないようだった。

なので、ご厚意に甘えさせていただいたわけである。

そこにミシェル兄さんまで加わった結果、僕らは常識、倫理、道徳、自重、何もかもぶっちぎってエスカレートしていき……気がつけば翌朝になっていて、そこには、おそらくこの世界でも類を見ないであろう、とんでもないマジックアイテム達が、いくつも完成していた。

ノエル姉さんとかブルース兄さんとか、一応常識人で僕のことを心配してくれるような人に見せたら、ぶっ倒れるんじゃないかってくらいのレベルのが、いくつも。

……だがしかし、後悔も反省もしていない。

「しなさい（びしっ）」

あ痛っ。

ともかく、集まった皆に各種装備を配った。

早速装着してもらい、各自への簡単な説明を済ませた後……すぐに実戦テストへ。

そこで僕をのぞく『邪香猫』五人は、全員が全員、その非常識……いや『否常識』なまでの性能に驚き、何を考えて自分達にこんなもん持たせてんだ、とでも言いたげな視線を向けてきた。

「ああ、心配無用、安心して。副作用とか反動なんかも別にないから、今までと同じ感じで普通に使ってもらってOKだよ、全然」

「いや、絶対OKじゃないよコレ。ミナト君、一体君どこを目指してるの？」

と、ツッコミを入れるのは、最初の犠牲者ザリーだ。

「てか、ホントにとんでもないわねあんた製の装備……」

と、ツッコむエルクの視線の先には……今まさに、新装備で『擬態』の魔物との模擬戦を終えたところであるザリーがいた。

その身に纏っているのは、『トロン』で買った、くすんだオレンジ色の外套《がいとう》。

防御の魔法がかけられていて高い防御力を誇るそれは、師匠が術式を組みなおした上でいくつも補助術式を追加したことにより、格段に性能を上げている。

それ以上に凶悪なのが、両手に持っている二本の武器だ。

右手には、ザリー愛用のショートソード。

もともとかなり高品質な合金で作られていたが、僕らの手によってさらに頑丈にされた。

刃の部分が『ミスリル』を含んだ合金であり、悪魔系やアンデッド系の魔物に対し、攻撃力に上昇補正がかかる。同時に親魔力性も上がり、魔力を乗せた攻撃の伝導率が高くなった。

反対の手に持っているサバイバルナイフは、もっと凶悪だ。

鋼鉄製だったナイフは預かった時点で寿命寸前だった。そのため、ザリーに了解をとって刀身をすげ替えた。師匠の倉庫から持ってきた特殊な砂を加工して、刃の形に固めたのだ。

鋼鉄以上の硬度・強度を誇るのはもちろん、欠けたり折れたりしても、魔力と砂を補充するだけで簡単に復元可能というデタラメ仕様。

加えて、突き刺した敵の体から水分を吸い取り、干からびさせるという恐ろしい能力があり、魔力を流すことでそれは発動する。

ザリーの二つ名のひとつが『砂塵《さじん》』だったため、砂↓砂漠↓乾燥という段階を経て思いついた能力を付与してみた。刺して魔力を流している間しか吸わないし、吸い取れる量にも上限はあるけど、かなり強力な能力だと思う。

現にさっきなんか、ザリーの体を丸ごと呑み込めるような巨大なスライムの魔物を、攻撃をかわしながらナイフで切りつけたら……水分を失ったスライムがどんどん小さくなって、最後には『核』だけ残して消滅したし。

魔法でも似たようなことは出来るけど……発動に相応の集中力を必要とする魔法と違い、コレは魔力だけでさっと使えるので、状況に応じて使い分けができる。

例えば暗殺の時とか。素早く使える上、たとえ動脈に刺しても噴き出た端から血を吸いつくすから、血痕を残さないので、便利だと思う。

「いや、僕はあくまで情報屋であって、暗殺者じゃないから。暗殺とかしないから別に」

「でもどっちかっていうと、敵には正面から挑むよりそういう感じで攻めるタイプでしょ？」

「……そうだけどさ」

「あ、それとそのナイフ、魔法発動体としての効果もあって、身につけてるだけで魔力効率バリバリよくなるようになってるから」

「……もう何でもいいよ、ははは……」

あ、諦めた。


続いてはミュウちゃん。

ミュウちゃんは、服とかからして市販品だったので、ほぼ全取っ替えみたいな感じで装備を片っ端からリニューアルした。

服は、魔物素材の糸で作った頑丈なものにして……さらに防御効果のあるいろんな術式を付与。

以前と見た目はほぼ同じながら、下手な鎧より防御力があるデタラメ装備の出来上がり。

加えて、ミュウちゃんにお似合い（？）なクリーム色の外套をプレゼント。

見た目は毛布か何かみたいに見えるのだが、防御力はやはり異常に高い上、魔法攻撃に対して強力なレジスト作用を持ち、さらに耐寒、耐暑、耐水、耐衝撃等の効果まで持っているという、これまたデタラメな装備である。

それと、ミュウちゃんは武器と呼べるものを持ってなかったりする。もともと彼女、肉弾戦はあんまりしない。

『ケルビム族』だから魔法発動に媒介とかも必要ないし。

そんな子にいきなり刃物持たせるのは危ないし、今のところ困る様子もないので、とりあえずミュウちゃんは防御面を充実させた。

それともうひとつ。ミュウちゃんといえば召喚術。召喚術といえば召喚獣。

魔法スキルを徹底的に磨き上げた結果、ミュウちゃんは個人の素の戦闘力でもAに近いBランクにまで強くなったため（ただし、肉弾戦等は想定していない。あくまで魔法戦闘）、ご褒美じゃないけど新しい召喚獣が必要だな、ってことになったので……。

「取り急ぎコレと契約してみました」

「ほぉーう……してこの、大きさ数メートルは優にありそうなカニは一体何なわけ？」

「昨日、そこの湖で釣った」

Aランクの魔物で、『テラキャンサー』っていうらしい。

気分転換の釣りで取った魔物だし、当初は食用にする予定だったんだけど、重攻撃系の召喚獣がそういやまだいないなー、と思って契約してもらった。

泡が溶解液の性質を持っているため、馬力以外も色々と凶悪な魔物だ。頼もしい。

実際に、擬態スライムで作った大鬼の魔物『オーガ』と戦わせてみた結果、ゴリマッチョの鬼ボディから繰り出される攻撃の数々を、その分厚い甲殻《こうかく》は全く通さず、その剛力で一方的に打ち据え、最後はハサミでじょきん、泡でじゅわっと……グロいことに。

おまけに、召喚術の付随技能のひとつである、召喚術師が魔力でブーストをかけることで召喚獣の能力を増大する術も会得したため、圧倒的だった。

召喚獣のコントロール技能も上がってるみたいだし、『ネクロフィッシュ』なら、もっともっと多い数を一度に出してコントロールできるだろう。

「感覚的にはどう？　ネクロフィッシュとか、何体くらいまで操れそう？」

「そうですねー、今なら多分、行動そのものを召喚獣の独立思考に任せれば、十体や二十体は余裕で……はっ!?」

「……そっかー……試してみ……」

「試すな、増やすな、契約させるな！」

エルク、見事なインターセプト式ツッコミである。

さて、お次はナナさんだ。

婦人警官を思わせる服装——ただしスカートはプリーツタイプで動きやすく、帽子は無い——で、手には『ワルサー』。

一見何も変わっていない彼女にも、魔改造の魔の手はきちんと及んでいる。

まず、『ワルサー』は古代の遺物を再調整してそのまんま使ってたわけだけど、師匠により一旦バラされ、磨耗してた銃身や金具などを取り替えるついでに、もっと効力の高いものにすげ替えてバージョンアップ。

破壊力・耐久力共に一ランクも二ランクも上の逸品が出来上がった。

服も、前の二人と同様に魔物素材で強化したものになっている上、師匠のご厚意により、僕のリュックやベルトと同様の『収納』アイテムであるカフスボタンが付けられていた。

このボタン、僕のベルトよりもさらに収納容量は小さい。

代わりに仕舞ってあるものを取り出すスピードは少し速くなっており、早撃ちの得意なナナさんには使い勝手がいいものになっている。

何も持っていないと思わせて一瞬後にはワルサーでズドン、なんてことも可能なわけだ。

ボタンっていう形状は、マジックアイテムだと疑われることもそうないし。

そしてさらにもうひとつ。

ナナさんの、火力を増すにはタメが必要、という弱点をカバーするために、急ごしらえながら十分すぎる性能を持たせて作った武器。

ただいま、スライム擬態の魔物でその性能を実験中。

相手にしているのは、昆虫系の魔物『ドラゴンフライ』の大群。

ランクは『D』で強くは無いけど、飛ぶ速度が速くて狙いが定めづらいので、魔力弾主体の魔法使いにはやや厄介な相手……なんだけど。

んなもん知ったことか、とでも言わんばかりに、ナナさんは新武器に、文字通り火を吹かせている。……こんな音と共に。

——ジャコッ、ドゥン!! ——ジャコッ、ドゥン!!

ポンプ音と共に、銃口から飛び出す、何十何百もの小さな魔力弾。

拡散して放たれたそれは、特に狙いをつけなくても複数の『ドラゴンフライ』にヒットし、蜂の巣にして打ち落とす。

見た目どおり、いや見た目以上の火力である。

「圧倒的じゃないか、ショットガン型魔法媒体。我ながら力作だ」

「問題作の間違いでしょうが……つーかアレ、どういう仕組みなの？」

「基本的には普通の魔法媒体と一緒だよ？　ただ、あのポンプ動作が、大気中の魔力を収束する術式になっててさ。アレやるとちょい時間かかる代わりに、自分の魔力だけで撃つより低コストでいけるの」

魔力弾ガンナーであるナナさんは、魔力残量＝残弾である。しかも同じ魔力で、身体強化とかその辺もやりくりしなきゃいけない。

なので、その辺の燃費効率なんかも考えて作ったのが、あのショットガンだ。

大気中の魔力を収集・蓄積して自分の負担を減らす魔法は、前々から考えていたので、それを組み込んでみた。

結果、周囲に霧散している魔力量にもよるけど、大体八掛けから半分くらいの魔力消費で、威力は落とさずに魔力散弾を放てるようになった。

逆に、それを考えなければ、わざわざ『ジャコッ』とやらなくても散弾を撃てることは撃てるんだよね。魔力が全部自腹になるだけで。

それでも、ワルサー使って自前で魔力の散弾を同数・同規模で作り出すよりは、専用の術式を組み込んで散弾専用武器にしてる分、こっちの方が低コストですむ。

マジックアイテムとしては若干大型だからややかさばるけど、その分だけ火力は上昇できている。

それに、作る時に素材に気を使ったから、頑丈な上に軽い。

ぶっちゃけ、狙いさえきっちりつけられる実力があれば、片手でも扱える重さだ。

その上、下手な剣とか棍棒より頑丈だから、何気に鈍器としても使える。

飛んでくのは魔力弾だから反動無いし、その気になればナナさんなら、ワルサーとこいつで二丁拳銃（拳銃じゃないけど）なんてのもできると思う。

……ますます魔法に見えなくなるな。

スライム擬態の『ドラゴンフライ』合計六十四を、数発ショットガンを打つだけであっという間に一掃してしまった。

かかった時間は十秒未満、かかった魔力は、同じことを『ワルサー』でする場合の半分……いや、おそらくは四分の一以下。ん、上出来だな。

「ああそれとナナさん、あとグレネードランチャーとロケットランチャーとスナイパーライフルも作ってるんだけど、まだできてないからまた今度試してね？」

「……えっと、楽しみにしてます、ね」

「どういうもんなのか皆目見当つかないけど、多分褒めたくなるものではないんでしょうね……」


シェリーさん……ただいま無双中。

敵は……擬態スライムではなく、ミシェル兄さんに出してもらったスケルトンの大群。

目算でだいたい……五百体以上は確実に出てるな、うん。

防具は……前三人と同じ感じで加工・強化した服。ただし、彼女が使う魔法が炎属性のため、耐熱効果のある染料や素材を使い、術式を組み込んでさらに強化してある。

ぶっちゃけ、火災現場の消防士とかの防護服も鼻で笑えるレベルに仕上がってるんだけど……もともとの露出が多めなのであんまり意味がないような気もする。

一応、露出してる部分にも防御効果のあるエネルギーの皮膜が発生している。

あと、新たな装備なのが……耐火・耐熱性能がハンパない高さの、シェリーさん専用手甲。これで、剣に今まで以上の高熱を乗せて戦っても、手は完璧に保護される。

そして得物は……僕が取ってきたソレイユタイガーの牙と、師匠が倉庫の奥から引っ張り出した『マグマスコーピオン』の素材を使って強化加工した剣。

これがまた、とんでもない出来に仕上がっててさ……。

以前から、刃を高熱にして敵を焼き斬ったり、斬撃と同時に爆炎を噴き上げて木っ端微塵とかは普通に出来たんだけど、スペックが上がってさらに凶悪なことが出来るように。

魔力を炎に変えて刀身に纏わせ、それをさらに伸ばして……火炎と熱でできた大剣を形成して振り回して広範囲を焼き尽くしたり。

斬撃と同時に炎を飛ばして、前にノエル姉さんもやってたみたいに『飛ぶ斬撃・炎バージョン』で攻撃したりとか……他にも色々。

加えて、シェリーさんはそもそも、フィジカルを含めた基本的な戦闘能力が全体的に高いので、武器の性能が加わった今、とにかく手が付けられない存在になっている。

斬撃が効きにくいはずの、ガイコツ系のアンデッド達を、まるで濡らした和紙を指で貫くかのようにばっさばっさと切り刻む。まさに無双。

もうコレ戦いになってないよ、一方的な殺戮《さつりく》だよ完全に。

小さな町なら攻め落とせそうなガイコツの軍団は、心の底から楽しそうな顔をして乱舞するシェリーさんの刃によって、十分そこらで全滅した。

……あと、コレは余談なんだけど。

「シェリーさんの剣さ、実はソレイユタイガーの素材じゃなかったらしいよ？」

「え!?　ちょ、それどういうこと!?　ホントに!?」

「ホントホント、何か、もっと別の魔物の素材と、魔法金属で作った合金だったって」

師匠は一目見て、ソレイユタイガー素材にしちゃつくりが粗いし弱い、って見抜いてた。

で、調べてみたら案の定だったそうだ。

師匠の見立てだと、おそらく炎属性の強力な魔物の骨や牙を使って作ったものだとのこと。一応品質そのものは十分に一級品だそうだ。

今までシェリーさんの使用に耐えてきたことからも、それはわかる。

ただ、ソレイユタイガーの素材はさらに強力だ。そして今、僕の手元にはその本物がある。

だったらホントにソレイユタイガーの剣にしちゃえってことで、僕が持ち帰ったあの亡骸から牙を進呈した。

そこに、師匠がくれた素材を足して強化・改造し、名実共に『ソレイユタイガーの剣』になったその剣は、それまでと桁《けた》がひとつふたつ違う破壊力を宿すに至った、ってわけ。

そのことを話したらシェリーさん、さすがに驚いてたけど……すぐに気を取り直して、より強くなった愛剣に心を躍らせていた。

……こりゃシェリーさん、多分町に戻ったらランク上がるだろうなぁ……ＡＡＡあたりに。

まあ、実際にクエストとかで功績打ち立ててからかもしれないけど、そんなのすぐだろうし。

で、最後はエルクの装備。

武器は変わらないけど、防具は変わってるので。

鎧も服も、相変わらず緑色統一。『ナーガ』の鱗や皮で作られた軽鎧は、さらに強力な魔物素材と重ね合わせて接合し、強度を倍増させた。

主に使われたのは、『黄泉の柱』で僕が狩って持ち帰った『ドラゴン』の素材。

ダークグリーンの鱗は、『ナーガ』の鱗の鎧と上手くなじんだらしく、つなぎに使った師匠提供の素材も上手く生きて、今までとは比にならない強度になった。

加えてこの鎧、強度以外にもとんでもない仕掛けがあったり。

つなぎに使った素材のひとつが、『シムルグ』の羽なんだけど……この羽、加工してそこに魔力を流すと、装備者にかかる重力を激減させるという、とんでもない特殊効果を秘めている。

ドラゴンの皮と鱗で加工したエルクの鎧は、強度が増した分それなりに重くなったけど、この特性のおかげで――コレぶっちゃけ『身体強化』で微弱な魔力纏った程度でも発動するので――いざ戦いになった際に、鎧の重さに足をすくわれるなんてことはまずない。

それどころか、エルク自身の身体能力自体、今までよりもかなり上がってるし、何も問題ないだろう。今までどおり、いや今まで以上の動きができるはずだ。

そんな感じで、僕ら『邪香猫』は、ぐーんと伸びた地力に見合った装備を手に入れ、ばっちりみんなそろって次のステージへ歩みを進め……。

「……あれ？　ミナト、あんたの装備は？」

「……いや、まだ調整とか色々できてなくて……」

……さびしくなんかないよ？

第七話　本性と本音

「――――っはぁっ!!」

真一文字に振りぬかれる、炎の刃。

その一撃で、肋骨部分を切り裂かれると同時に、噴き上がる爆炎で砕かれ、焼き尽くされた『スケルトンナイト』達が、粉々になって崩れ去る。

他にも、つい先ほどまで異形のガイコツ『オーバースケルトン』や、骨の馬に乗ったガイコツの騎士『デスドラグーン』だった骨片があたり一面に広がっている。どれだけの数を彼女が粉砕してきたか、一目でわかる光景だった。

それもそのはず、今ので……。

「はい、しゅーりょー。千人斬り達成おめでと、シェリーちゃん」

ぱちぱちぱち、と。

安全圏であるベンチから、拍手をしながら軽い感じで声をかけたのは、黒髪に黒い瞳を持ち、しかしスカーフではなく黒いマントを纏った青年。

似てはいるものの、彼女の想い人とはまた別な非常識人だった。

フィールドの真ん中で息を整えていたシェリーは、今の声の主であり、先ほどまで自分が戦っていた骸骨の兵士達を作り出した張本人であるミシェルを視界にとらえ、にっこりと笑って拍手に答えた。

シェリーは足下に散らばる骨片を踏み潰しながらベンチに歩み寄り、そこに置いてあった水筒を取って中身を一気にあおる。中身は……酒。

「っ、はー！　いい運動した後のお酒はやっぱり美味しいわねー。でもいつもありがとねミシェルさん、訓練なんかに付き合ってもらっちゃって」

「いやいや、全然いいよこのくらい。魔力ならまだ余裕だし、それにどっちみち、今のこの時間は僕暇だからね」

千体ものアンデッドを生み出しておきながら、まだ余裕などと言うミシェルに、シェリーは『さすがミナト君のお兄さん……』と呆れの混じった笑みを返す。

ここ数日、夕食後のこの時間帯、ミシェルはシェリーの自主練に付き合うのが日課になっていた。

昼の訓練で余力を残してノルマを達成できるようになったシェリーだったが、その成長を喜ぶと同時に、物足りなく感じることも多くなった。

そのため、それを発散すべく、ミシェルに協力を依頼したのだ。

『死霊術師《ネクロマンサー》』であるミシェルは、自らの魔力を消費してアンデッドモンスターを作り出せるため、大量に作ったそれらを相手にした戦闘訓練が可能だ。

その形式で自主練を重ねているシェリーは、日に日に相手にする数を多くしていき……ついに今日、千体相手の戦いを制した。それを受けての、先ほどのミシェルの祝詞《しゅくし》だったわけだ。

あらかじめ用意していたタオルで汗の始末をするシェリーは、ふと、思いついたように顔を上げ、横にいるミシェルに尋ねた。

「ねえ、ミシェルさん？　ちょっと聞きたいことがあるんだけど」

「うん？　何？」

持ち前の明るさと、壁を作らず誰とでもすぐに仲良くなれる才能を持つシェリー。

ミシェル相手にも、それは遺憾なく発揮されていた。

彼自身がフランクな性格だったということもあり、初対面から数日と経っていないにもかかわらず、もう親しげだった。

「ずばり……ミシェルさんから見て、私って義妹として合格？」

「……割とすごいことをいきなり聞くね」

自分の弟を狙うと唐突に意思表示した目の前の少女を、ミシェルは少し困ったような表情で見返す。

「えーと、それってもしかしなくても……ミナトのことだよね？」

「ええ、お宅の末っ子さん。アプローチを続けてそろそろ半年になるんだけど、一向に……」

曰く、自分は浮わついた気持ちとかではなく、本気である。

曰く、どれだけ誘っても興味なさそうである。

曰く、最近になってそれは自分に魅力がないからとか、正妻《エルク》を立てているからではなく、『好意』そのものに気づいていないからではないかという疑惑が浮上。

曰く、だったら気づかせてやろう……と思ったはいいものの、どう言ったら理解してもらえるのかわからない。

ストレートに言っても、今までの態度が態度だったので、もしかしたら信じてもらえないかもしれないし、しんみりした空気や真面目すぎる空気はそもそも自分も苦手。

かといって力ずくで押し倒すのは無理だし、据え膳的に迫っても百パーセントスルーされる。

「……要するに、自分は本気でうちの弟のことが好きだから、どうにかしてこっちを見てほしい。むしろ手を出してほしい、ってわけ？」

「まあ、そうね。個人的には、ミナト君は誠実な性格だから、真正面から告白するのが一番いいんじゃないか、って思うんだけどね。実際それなら、こっちが本気であることを前面に出せば上手くいくかもしれないし……でも……」

「でも？」

「それをすると、別の理由でミナト君を悩ませちゃうような気がして」

はあ、とため息をついて、シェリーはどうやら空になったらしい水筒に蓋をして置いた。

「彼ってどうやら、『一夫多妻』ってのにそもそも抵抗があるみたいで。自分みたいなのが女の子何人もはべらせるとか考えられない的な、意外と小心者っていうか、真面目だけど窮屈な考え方みたいなのよ。だから……」

「仮に告白そのものは上手くいっても、その後ミナトが悩んだり困ることになるのが心配、ってこと？　自己嫌悪とか、罪悪感とか……真面目だけど的外れな理由で」

「そうそう。だから、どうしたもんかと……私としては、有能な雄はその能力に見合った数の雌をはべらせる資格があると思ってるし、そもそも彼、誰か一人に占有されるような器だとも思ってないから、そんなの全然構わないんだけど……」

「……すごい言い方するねえ、雄とか雌とか。しかも、自分が夫にしたい相手が浮気しようとＯＫ宣言？　君も何というか、大物だね」

「もうすでに正妻いるから、むしろ私が愛人ポジションだしね。あ、でも誰でもいいってわけじゃなくて、愛人にするならするできちんと私も納得する人物がいいなとは思ってるわ。けどそもそも、その『正妻』にもまだ手を出してないのよね……恋人どまりで、よく言えばプラトニック、悪く言えばまだるっこしい感じの関係で……」

フォローになっているのかどうか微妙なフォローを付け加えるシェリー。

そしてその後、また悩ましげに、はあ、とため息をつく。

想い人と添い遂げたい。そして、自分ひとりが彼の相手でなくてもいい。

しかし、彼の方がそれに折り合いを付けられず、苦悩するかもしれない。

いくら有能な男が愛人を持つのは悪いことでは無いと、自分達は納得していると言って聞かせても、おそらくは心のどこかで苦悩し続けるであろう、真面目で誠実で、しかし子供っぽくて手のかかる意中の彼は……どうやったら自分を娶《めと》ってくれるのか。

どうやったら、皆仲良く幸せな未来が訪れるのだろうか。

答えの出ないそんな問いを何度も反芻《はんすう》し……はあ、とシェリーは、何度目かもわからないため息をつく。

「いっそ『いい女は全員俺のものだー!!』的な考えでいてくれたら、そっちの方が楽だったのかもしれないんだけど……」

「それだったら君ら好きになってないんじゃない？　ミナトのこと」

「……ああ、それは確かにそうかも。けどそうなると、本格的に八方塞がりって感じだわ……前に自分でも言った気がするけど、誠実さや優しさと、肉食な貪欲さを併せ持った都合のいい男なんて、いないってことね……まあ、それでも私は彼が好きだけど」

「……さて、それはどうかな？」

「……？」

ふいに耳に届いた、気になる言葉。

シェリーが、そのセリフを発した本人……ミシェルに目を向けると、何か企んでいるようにニヤニヤと笑っていた。

「えっと……それ、どういう意味？」

「言葉通りの意味だよ。君は今、誠実さと貪欲さを併せ持った都合のいい男なんていない、って言ったろ？　つまり、ミナトもそうじゃないと思ってるわけだ」

「……？　そうだけど……でも、実際そうでしょ？　まあ、自分の欲望に正直で困っちゃう部分は確かにあるけど、彼のどこに、女漁《あさ》りするような面があるって……」

「ま、たしかに『女漁り』とか、『いい女は全部俺のもの』的な欲望は見えないよね。それは僕もそう思うよ。けど……」

一拍置いて続ける。

「だからって、女の子は好きな娘一人いれば十分、っていうのが本音とは限らないでしょ？」

「……どういう意味？」

「……人間ってのはおかしな生き物でね……なまじ他の生き物より賢すぎるせいか、自分自身の本心とか本音には気づけなかったりする。まあ確かに、一夫多妻に抵抗があるのも『本心』ではあるんだろうけど……」

そこまで言うと、ミシェルはすっくと立ち上がり、黒いマントをなびかせながら、訓練場の出入り口の方へ歩いていった。

歩きながら、視線は向けずに言う。

「果たして誰よりも『子供っぽい』彼が、それしか心にないものなのかどうか、って話さ。もっとも、自分ですら気づけないその真意……見透かすのも困難なら、表に引っ張り出して自覚させるのはさらに困難だろうけどね」

「……まだよくわかんないけど、それはつまり、どうするのが一番いいの？」

「簡単に言えば……『自分自身に正直になる』こと。これオンリーなんだけど……コレが難しいんだよねえ。たかだか百年ちょっとしか生きてない僕には、ミナトをそこに至らしめる方法は思いつかないかな。けど……」

出入り口の前まで来ると、ミシェルは振り返ってシェリーに視線を向けた。

「もしかしたら、今夜あたりその悩み、何とかなるかもよ？　五百年以上生きてる伝説のお姉さんが、何やらミナトに気合入れるようなこと言ってたからね。便乗してみたら？」

ミシェルはそう言ってドアを開け、薄暗い廊下に消えた。

ドアを閉める前にすでに、黒装束が闇に溶けて彼の姿は見えなくなっていた。

残されたシェリーは、いつの間にか訓練場に入ってきていたシルキーメイド達が、訓練場に散らばる無数の骨片を、魔法で風を起こしてかき集め、手早く掃除していくのをぼーっと眺めていた。

「……今夜あたり、ねえ。だといいんだけど」

☆☆☆

「ふぃー……あー、いい湯加減」

湯船のお湯に肩まで浸かって脱力し、僕は一人、体中の疲れがじんわりと癒えていくのを感じる。

装備の配布も終わり（僕以外）、それを使った訓練を続け……さらに同時進行で各自に見合った新しい魔法の習得も進める。新魔法は、普通の魔法と『否常識魔法』の両方をバランスよく。

これで魔改造もいよいよクライマックスだ。

残るはナナさんの武器がいくつかと、ミュウちゃんの新しい召喚獣に、『アレ』の改造、そして僕の新しい装備のみ……か。

「いや、実はまだあるんだけどな……まあ、何とは言わねーけど」

物思いに耽《ふけ》る僕の近くで、師匠が独り言っぽく言うのが聞こえた。

また何か作るつもりなのかな？　魔法か、マジックアイテムか……いや、そのふたつだとしたら、多分僕も一枚噛ませてもらえると思う。

「……まあ、師匠だし……変なことは考えてないと思うけど」

「変なことは考えてないけど、結果、変なことにはなるかもしれねーな」

「そうですか、結果……って!?」

思わず返してしまったその瞬間、強烈な違和感に気づく。独り言のはずの台詞に、答えが返ってきた。

僕が一人で入浴中なら、間近で人の声が聞こえたりするわけないよね？

同時に真横から、たぽん、と湯船に誰かが――いや、誰がってわかりきってるけども――入ってくる音がした。

しかしながら……そっちに顔を向けて確認するわけにもいかない。

だってあの人の性格上、風呂に入る時に水着や湯浴み着なんて身につけてるはずがない。

僕が入ってるかもなんて配慮してくれるわけがない。

そもそも男湯に普通に入ってくる時点で、何ひとつ常識を期待できないわけで……。

「……大丈夫だぞ、もう入ったから」

と、気を利かせてかそんな言葉が。よかった、タイミングとかどうしようかと思ってた。

「あ、ありがとうございます師匠。でも、何でいきなり……って半身浴じゃないですかぁ!?」

「肩まで浸かったとは言ってねーだろ、誰も」

安心して振り向いたら、湯船の中の段差になってる部分に座って半身浴状態の、つまりお腹から上はばっちり見えてしまっている師匠の裸体が目に入った。

直前の師匠の言葉で油断、というか安心してしまっていただけに衝撃が大きい。ってか今の言い方からして、確実にこの人からかってるよ……。

慌てて目を逸らした僕に満足したのか、にやりと笑いながら……今度は普通に肩まで浸かって風呂のお湯を堪能する気配を感じた。

「ったく……リリンの息子とは思えねーな。初心《うぶ》っつーかなんつーか、感覚がガキ過ぎるだろ。もちっとがっついて隙あらば手篭《てご》めにするくらいの甲斐性《かいしょう》はねーのか」

「ただの性犯罪者じゃないですかそれは……そもそも師匠、何で普通に入ってくるんですか。ここ男湯ですよ？」

「俺んちの風呂に俺がいつどんな風に入ろうが勝手だろうが。つかお前、もちっと男らしくするってことを知らねーのか？　せっかく上玉を四人もはべらせてんだからよ」

「はべらせてるって何ですか、はべらせてるって……」

上玉？　四人？　って、もしかして……『邪香猫』の女性陣四人か？

いやいやいやいやいや、何を言い出すんだこの人はいきなり。

あの四人はそんなんじゃないって、だいぶ最初に言っといたはずなのに。

エルクはまあ、ホントに恋人関係でもあるからともかく。

シェリーさんはちょっとスキンシップとかが大胆だけど、軽くバカ話して、笑い合う感じの仲間だし。

ナナさんは仕事ができて色々サポートしてくれるから、秘書的なポジションの仲間だし。

ミュウちゃんはまるっきりマスコットというか、妹というか、とりあえずそんな感じの立ち位置で、ついでに将来性があって今後の成長が楽しみな、スーパールーキーだし。

そりゃまあ、時々は過激なスキンシップをすることもあれば、女の子っぽい仕草にドキッとするようなこともあるけど……それはただ単にコミュニケーションの延長だとかそのへんの……あ痛たたたたたたたたたっ!?

「……思ってたより重症だな、この頭」

「し、師匠!? いきなり何、あだだだだだ!!」

師匠の細くてしなやかできれいな五本の指が……僕のこめかみをわしづかみにして、驚異的な握力でぎりぎりぎりぎりと締め上げる。

見事なアイアンクロー。今にも頭蓋骨が砕けそうってこんな冷静に考察してる場合じゃない！ ホントに痛い！

身長差のせいで、僕の頭に手を伸ばしてる師匠の体は少し湯船から出てるんだけど、そんなものを見て照れる余裕はない。

ちょ、何で!? ねえ師匠!? 何でいきなり僕は頭蓋骨を握り潰されそうな事態に陥ってるの!? 脈絡なさ過ぎて絶賛混乱中なんですけど!?

「うるせぇバカ弟子、テメェの頭に聞け」

「頭からは骨が悲鳴を上げてる音しか聞こえないです！」

「……聞こえねえようにしてやろうか？」

「師匠それ洒落になってな……てかホントマジで何なんですか⁉　僕何か失礼なことしました⁉　あの、だとしたら謝りますんで一旦放してもらえません⁉　さすがに人生の最後が風呂場で全裸でアイアンクローくらって死亡ってやるせないっていうか何というか……」

「……失礼なのは俺にじゃねーんだよな、この場合」

はあ、とため息をついて……その一瞬後に、頭に指が食い込む破滅的な感触がふっと消えた。アイアンクローから解放されたようだ。

解放された瞬間、頭部ダメージのせいかくらくらして、湯船にほぼ倒れるようにバシャッといってしまい、水しぶきが結構派手に飛び散った。

あわてて溺死する前に起き上がり、胡坐《あぐら》で座りなおし……まだ鈍痛の残る頭を手で押さえる。し、死ぬかと思った……。

「あ～……酷いですよ師匠、何なんですか今の？　何に対するお仕置きですか？」

「おめーの人生観そのもの」

「……はい？」

またよくわからん答えが返ってきた。なんだそれ？

しかしその意味を聞くよりも早く、師匠はじろりとこっちを睨むように見ながら言った。

「ったく……親子そろって厄介だな、『デイドリーマー』ってのは」

「…………はい？」

……ここで、何でその単語が？

現役時代、母さんがアイリーンさんに名づけられたっていう、『現実をフィクションか何かのように見る現実乖離《かいり》気味な夢想者』と『現実的に考えて甘すぎる望みを力ずくで実現してしまうバカ』のふたつの意味を併せ持つ、ちょっと不名誉な呼び名のはず。

耳にするのは久しぶりなんだけども……今のアイアンクローとその単語が何か関係ある、ってことなんだろうか？

「おめーの嫁に聞いたんだがよ、お前ら二人、『ナーガの迷宮』で出会ったんだって？　ウォルカの近くにある、超初心者用ダンジョン」

「あー、はい、そうですね」

嫁……って多分エルクのことだろうから、そうだね。

洋館からワープの魔法陣で飛ばされて、着いた先が『ナーガの迷宮』。

そこで、あっちへこっちへ迷走してた途中で、人身事故の結果知り合ったのがエルクだったんだっけ……あー、懐かしいなあ。

エルクと知り合って、色々あった末に、腹割って話して和解して。

それから、アルバやザリー、スウラさんやシェリーさん、ナナさんにミュウちゃんにギーナちゃんなんかとも次々に出会っていって……。

『ディアボロス亜種』やウェスカーみたいな、敵とか敵予定の連中とかとも遭遇して。

ノエル姉さんをはじめとした兄姉達や、母さんの昔のお仲間さん達にも出会って。

楽勝ワンパンで倒せるような戦いも、死と隣り合わせのマジでヤバい戦いも両方経験して、そのたびに強くなることができた。

……ホントに色々あったんだなあ。

エルクに出会ったあの日から、まだ半年くらいしか経ってないのに、ずっと昔のことみたいに思えるなあ……。

「出会った次の日に部屋に特攻してきたんだって？　あの小娘。人は見かけによらねーな」

「ええまあ。手を出しそうになって、こらえるの大変でしたよ」

「出しちまえばよかったんだよ、このヘタレ」

「そんなこと……って何さらっと猥談《わいだん》にシフトしてんですか」

いい感じだった雰囲気を見事にぶち壊してくれた師匠は、てっきりからかうつもりで言ったんだと思ってたその件について、さらっと流さずに掘り下げてきた。

「おめーはその頃から奥手なのに、その信条に反してそーいうアプローチを受ける頻度や相手がやたら多いってのはどーなんだよ？　お？」

「いや、そんなこと自分に言われましても……つか、そのアプローチの類は、むしろその後に出会った人の方が圧倒的に多いんですけどね？　まあでも、それを通じてエルクとわかり合うことができた面もあるんで……結果的にはよかったのかな、と思ってますよ」

詳しくは省くけど、あの時、追い詰められてたはずのエルクの堂々とした態度や、悪人連中に啖呵切った姿を見て……『ああ、この娘はホントに信用できる』って、本能的というか直感的に悟ったんだっけ。

いやしかし、あの時は効いたなあ……出会って間もないエルクに、僕の現実と乖離しがちな部分をビシッと指摘されて、ハッとしたりして……。

でもあの時のアレのおかげで、僕の『デイドリーマー』も少しはマシに――と。

ここまで独り言で呟いたところで、師匠の目が細められた。

「えっと、何ですか？」

「……マシになった、と思うか？　お前」

「え？」

きょとんとした表情になっているであろう僕に、師匠は体ごと向き直った。

一応、体は湯船の中に入ってて、隠すべき部分は見えない。

ただ、見えていたとしても……多分僕は、その辺を気にしたりはしなかったと思う。

こっちを見据える、いや睨んでいる師匠の目が、あまりにマジなもので。

「お前……そりゃまあ確かに、嫁に諭される前と比較すりゃ、ほんの少しはマシになったのかもしれねーが……今、お前はきっちりこの世界を、『デイドリーマー』の厄介なフィルターを通さずに見ている、って断言できるのか？　と聞いてんだ」

「……？　えっと……」

『フィルター』っていう、これまた懐かしい言い回しにちょっと記憶領域を刺激されつつも、僕の頭は師匠の言葉を理解しようと奮闘していた。

まるで責めるような調子で師匠が言った言葉は、僕が未だにこの世界を、空想の物語か何かを見るような感覚で見てる、ってことだと思うけど……。

「……遠まわしに言うのもめんどくせーな。おいミナト、お前、あいつらのこと好きか？」

「……はい!?　いや、それは……」

「恋愛感情じゃなくてもいい。友達としてでも、仲間としてでもいいから答えろ。本心で。お前……あいつらのこと、好きか？」

じっ、と真正面から目を見て聞いてくる。

何ていうか、息が詰まりそうな張り詰めた感じがするんだけど……。

それは我慢して、えーと、何て言おうか……。

「……まあ、好きですよ？　皆、大事な仲間ですし……一緒にいて楽しい友達でもありますし。エルクも、シェリーさんも、ナナさんも、ミュウちゃんも。あと……恋愛云々からは完全に離れますけど、ザリーも。それに、スウラさんやギーナちゃんなんかも」

「最後の二人は誰なのか知らねーが……なるほどな、よくわかった。じゃ次の質問だが、そいつらからお前、何かしらのアプローチを受けたことはねーか？　『好きだ』って言われたり、抱かれてもいいとか言われたり」

「……ない、ことはないですよ？　まあでも大部分は、社交辞令だったり、コミュニケーション目的の冗談としてですけど」

エルクから言われたアレはともかく、シェリーさんとかスウラさんとかから、普通に友達に対して冗談言うみたいな感じで言われるのは……アレはまあ、違うだろうし。

「……ホントにそう思うか？」

「は？」

どういう意味？

「……いや、むしろコレは、俺がお前に言っても仕方ねえか。言い方を変えよう……お前は、あいつらからそういう風に言われて、嬉しかったか？」

「……はい、そりゃまあ」

あんだけの美少女達に、社交辞令とはいえそんな風に言われて褒めてもらえるんだから……そりゃ嬉しいに決まってる。少なくとも、そういうことを言ってもらえるくらいには、実力を評価されて、好意的な感情を持ってくれてる、っていうことだろうから。

「そうか。で、その『嬉しい』って感情は……恋愛が絡んだものか？」

「いや、それはさすがにないですよ。エルク以外は……」

「何で？」

「は？　いや、何でって……普通に彼女達は友達で、仲間ですから。彼女達は魅力的だとは思いますし、信頼もしてますし、友達以上に親しいかもって自覚もありますけど、それ以上の感情はないですよ。第一、社交辞令のセリフを本気にしたりしたら、引かれるじゃないですか、そんなの嫌ですし……」

「……お前からあいつらに対して、恋愛感情はないと？」

「まあ……どっちかっていえば、ないですよ、そりゃ。今言いましたけど、魅力的だとは思いますが、そこまでじゃ……」

「そーかい、じゃあ……」

そこで一拍。

「もしあいつらのうちの誰かが、お前じゃない他の誰かを好きになって、お前のもとを離れていくような事態になっても……お前は平気か？」

…………………はい？

「……えっと、どういう意味ですか？」

「意味の推察が必要なほど難しい言い方してねーだろボケナス。もしあいつらに他に男ができて、そいつと仲良くしたいからチームを抜けるとか言われても、別に恋愛感情も何も持ってねえと言い張るおめーはそいつを笑って送り出せるか？」

……えっと、つまり。

エルク……は無いとしても、例えば、シェリーさんあたりで考えてみると。

いつも、僕のこと好きとか、色々ちょっと過激だけど嬉しいこと言ってくれて、時にはちょっと大胆なスキンシップもしてきたりして。

戦いになればすごく頼りになって、頭も何気にキレる。

そんなシェリーさんが……他に好きな人を作って……って……。

「…………いや、そんな飛躍したようなこと……」

「どこが飛躍してんだどこが。見た感じてめー脳が考えるの拒否ってるっぽいから、具体的に言ってほしけりゃ言うぞ？　お前がいつも仲良くしていちゃついてる女が他に男作って、お前に普段やってるようなことをお前以外の他の男にしたり、お前にいつも言ってることを他の男に言ったり、お前以外の男のために戦ったり、最終的にさらに深い仲になってその男に自分の心も体も好きなように……」

ドゴォッ!!

「――わかりやすくて結構」

気がつくと、僕は右手を握り締め風呂の壁に叩きつけていた。

……あれ？　何だ、手が勝手に……っていうか、無意識に？

師匠が並べ立てたシーンを、シェリーさんを例にとって頭の中でふいに想像しちゃった瞬間、ものすごく嫌な気分になった。

むしろ嫌な気分とか通り越して、どす黒い感情が広がったというか……。

「……先に言っとくと、それは人としてごくごく普通～の感情だからな。嫌悪感持ったりする必要ねーからな」

はあ、とため息混じりに言う師匠は……どうやら、僕の心の中をお見通しのようだ。

しかもおそらくは、今絶賛混乱中の僕よりも正確に把握している。

僕の方は……今のたったひとつの質問で、僕の心の奥底に眠っていた、本音とか本性なんかに、今やっと気づいたような……そんな感じが、徐々に徐々に広がっていた。

時間と共に僕の頭に、砂に水が染み入るように浸透し……正確に理解していく。

しかしそれを待たず、師匠は質問の……それも、僕自身知らなかった僕の本音と本性を丸裸にする凶悪なそれを、遠慮なくガンガンぶつけてくる。

「質問の答えを聞こう……お前は彼女達を、笑って送り出せるか？」

「無理です」

「あいつらに対しての恋愛感情は？　あるか？」

「……ある、と思います。完全に『恋愛感情』かどうかはわからないですけど……離れたくない、渡したくない、っていうのはあります」

「そのせいであいつらに嫌われたり、あいつらが不幸になるようなことがあってもか？」

「……いえ、そこまでは……もし本気で彼女達がそれを望むなら……不幸にするくらいなら、彼女達の幸せを優先する……と思います。ストレスは甚大でしょうけど」

「じゃ、もしあいつらが……全員が全員お前と離れたくない。第二夫人、第三夫人でも、愛人でもいいからそばに置いてほしい、って言ってきたらどうする？」

「………………その時は」

一拍。

「全員、幸せにする……そういう選択をすると思います」

「選べねえか、その中から一人は」

「はい」

「全員、誰一人手放しも切り捨てもしたくねえか」

「はい」

「そのせいで悲しませることになるからか？　それとも、全員を自分が独占したいと思うからか？　それとも……ヘタレだから誰か一人なんて選べねえのか？」

「……多分、全部です。理由」

……自然と、次から次へと、僕の口から言葉があふれ出る。

偽らざる、僕の正真正銘の本音が、本性が。

自分でも気づかなかった、思いもしなかった、独占欲やら何やらが露骨に浮き出た、心の奥底から氾濫《はんらん》してきたいろんな感情。

それらは僕に考える隙を与えず、ただただ口から出ていっていた。

それを一通り、全部聞き届けて師匠は……。

「そうか。なら……そうしろ」

「え？」

あっさり、そう言った。きょとんとする僕の頭に、ぽんっと手を置いて。

「女の方から望んできてんだ、だったら望みどおりにしてやりゃいい。お前にそれだけの魅力があるから、自分達皆を受け入れてほしいし、独占もしないって言ってるんだから。戦闘力や開発力と同じ……こいつもまた、『持つ者』の特権だ」

そこで師匠は、立ち上がって湯船から出て、脱衣場の方へ歩いて行き……途中で立ち止まった。

そして「ただし」と言いながら振り向く。

「お前がその本音を、本気を押し通すんなら……女達の本音や本気にも、きっちり気づいて、汲み取ってやれよ？『社交辞令』なんて、フィルター通して見た勝手な偏見で最初から論外視したりしねーで、お前のと同じ心からの本音として向き合え、馬鹿《デイドリーマー》」

「あ……」

「言ってる意味はわかったみてえだな。そこんとこきちんとしろよ……気づいてもらえないどころか、明後日の方向に勘違いされたままで、平気な女なんて居ねーんだからな」

「…………」

「あーまあでも、いろんな要素が組み合わさった結果でもあるし、お前に悪気はなくて、誠実に対応してるつもりだったんだ。ある意味仕方ないとも言えるし、これからきちんとしていきゃそれでいいだろ……だから泣くな、バカ弟子」

『感じなくていい』と言われたものの、その意味を知った今、やはりその『自己嫌悪』から逃れることができなかった。

僕は頬に、お湯とも汗とも違うしょっぱい滴《しずく》を、いつのまにか、自分でも気づかないうちに滴《したた》らせていた。

嗚咽《おえつ》が込み上げてくるわけじゃないし、肩が震えたりもしないけど……なぜだか、涙だけはぽろぽろ出てきて、止まらない。

それが収まるまで、しばらくかかりそうだった僕を……師匠は一人にしてくれた。

それに感謝しながら、僕は、怒りを覚え、悲しみ、恥じ、そして呆れていた。

全部……自分に対して。

第八話　夢から覚める時

やけに冷たく感じる夜風を頬に浴びながら、僕は……屋根の上でぼーっとしていた。

いやまあ、一時間近くも風呂に入ってたんだから、風なんて当たったらそりゃ冷たいわな。うん。

けど……頭が冷えるからちょうどいいかもしれない。今の僕には。

もっとも、のぼせてようが冷えようが、今の僕の頭の中を占拠しているのは……さっき師匠から聞かされた話だけなんだけども。

……なんのこたない。僕が未だに、現実を見ているようで見ていない……救いようのないバカ《デイドリーマー》だった、ってだけの話だ。

（……一体、どこで間違った……いや、何『が』、どこ『から』間違ってたんだろ……）

何度自分に問うても、答えは出ない。

……自分でこの問題に気づけなかったんだから、当たり前か。

あの短いやり取りで、師匠が僕に気づかせたことはひとつだけ。

僕がシェリーさん達に対しても、恋愛か、それに近い極めて大きな好意を抱いている、ってことだけだ。普通の友達や仲間だと認識してたけど……実際は違った、自分でもわかっていなかっただけだ、と。

けど、それに気づかなかったことが問題なわけじゃない。

問題なのは……『どうして』それに気づかなかったか。

そこに、考えるのも恐ろしい、とんでもなく重大な欠陥が潜んでるような気がした。

今から数十分前、風呂の中でまだぽろぽろ涙を流してた時……落ち着いて自問自答してみたら、答えは出た。

ただ、僕が鈍感だったから？　よくある、ギャルゲーの鈍感系主人公みたいに？

……それもまあ、あるかもしれない。実際、何度かエルクに指摘されたこともあるし。

けど、それだけではない。僕の場合、もっと根本的なところが曲がっていたと思う。

なぜ僕が、僕自身のみんなへの好意に……そして、さっき師匠から指摘された言葉を信じるなら、みんなからの好意にも気づけなかったのか。

……順序よく考えて、思い出してみよう。

例えば、シェリーさんからのアプローチがあった時、僕はどう感じ、何を考えたか？

一応、普通に嬉しかった。褒めてもらえて、好意的に見てもらえることは。何も感じなかったとか、そういうわけじゃない。

けど、そこに恋愛や、男女の関係を示唆するような言葉や誘いがあっても、僕はそれを一度たりとも本気にしなかった。結構はっきり言われても、だ。

同時に、自分自身も、彼女にそういう感情は持っていないと思っていた。

男としては確かに言われて嬉しいけど、コレは本気ではないと。

それはなぜか？　シェリーさんの言葉が、至極当然に冗談だと思ってたからだ。

自分に対して、本気でこんなことを言ってるはずがない、って。場の雰囲気を盛り上げるためとか、バカ話につなげて、最後に皆で笑うために言ってるだけだって。

むしろ、本気にしたりしたら引かれる、って思っていた。

じゃあ……なぜそう思った？

彼女は、雰囲気や話題作りのためにそう言ってるんじゃないって……なぜ思わなかった？

……これはちょっと難しいかも。実際彼女、そういう目的で言うこともあったと思うし。

僕に向けられた好意的な言葉の全てが、本気ってわけじゃなかったはずだ。

じゃあ僕は、どうしてその『冗談』の好意と『本気』の好意の違いに気づけなかったのか……いや、これは疑問点としては違うだろう。

何せ僕、それら全部ひっくるめて『冗談』だって最初から決め付けてたんだから。

……いや、それこそ何でだ？

何で僕は最初から、自分への好意が全部冗談だって、本気であるはずがないって、そう決めつけていた？

シェリーさんに好みだって言われれば、『またそんな冗談』って。

ナナさんに、夜の相手でも務めるって言われれば、『またそんな』って。

ミュウちゃんに、体を許すくらいの魅力はあるかもって以下略。

そして僕自身、彼女達へ恋愛的な好意を……いや、これはそもそも考えもしなかった。

どれを見ても、見事なまでに考えることを最初から放棄してる。

自分のそれも他人のそれも関係無しに、門前払いだ。

何でだ？　何で僕はここまで、自分が絡んだ好意とか恋愛ってもんに無頓着だった？

……無意識のうちに、それこそ考えるまでもなく、心のどこかで思ってたからだ。

自分みたいな奴が、女の人に……それこそ、彼女達みたいに魅力的な女性に、そうそう好意なんて向けてもらえるはずがないって。

ちょっと俗な言い方をすれば……自分がモテるはずがないって。

なんで？

だって、ずっとそうだったから。

前世で僕は普通の高校生だった。

どっちかっていうと内気でインドア。彼女なんているわけもなく、『彼女いない歴＝年齢』のまま一生を終えた。

その時の自意識や価値観が、まだ僕の中では生きている。

人の命も物もむやみに奪っちゃいけないっていう、法治国家の価値観。

謙虚に、誠実に人と接することこそ美徳だっていう、日本人の価値観。

人との約束があれば五分前行動が基本だっていう、社会人の価値観。

……自分は女性にモテたりするはずがないっていう、ヘタレな価値観。

そして、剣や魔法、魔物を見ると、『ファンタジー小説みたいだ』って考る……厨二病そのものな価値観。

結論。僕はやっぱり『デイドリーマー』だった。

バリバリ機能している身勝手なフィルターごしに、この世界を、彼女達を、そして、自分自身すらも見ていた。

考えもせずに彼女達の行為を『んなわけない』で否定し、自分の感情すら恋愛的なものではないと決めつけた。

モテるわけがない、ギャルゲーじゃあるまいし。

本気なわけがない、恋愛小説じゃあるまいし。

恋愛なんてあるはずない、ラブコメ漫画じゃあるまいし。

この世界は現実なんだ。フィクションじゃないんだから、まさかそんなゲームや小説やマンガみたいなこと、本当にあるはずないじゃないか――。

……そんなことを考えていた僕が、実は一番現実を見ていなかったわけだ。

まあ、もしかしたら……仮に僕が『現実』をきちんと見ていたとしても、彼女達の好意に気づけなかった可能性もある。

むしろ、そっちの可能性の方が高いかも。鈍感はホントだからね、僕。

けど、仮にそうだとしても……世界ごとひっくるめてまともに考えることすらしなかった今までの僕よりは、ましなんじゃなかろうか。

きちんとこの世界を、現実として見ていたつもりだった。

この世界に生きる人達は幻なんかじゃなく、ホントに生きてるんだって。生きて、社会を形作っているんだって。

人や物事と向き合う時も、人か魔物かを問わず、命のやりとりをする時も……そのことはきちんと頭にあった。真摯《しんし》に、真剣に、向き合ってるつもりだった。

けど、その実コレか……。

何だか、どういう心構えでいればいいのか、一体自分の価値観って何が正しくて何が間違ってるのか、まるでわかんなくなってきた……。

こんなんで明日から、彼女達とどう向き合えばいいんだろ……。

……考えても答えは出ず、考えれば考えるほど自分が情けなくなっていくだけだったので……もう今日は寝ることにした。

せっかく師匠が一喝してくれたってのに、さしたる結論も出ないまま、そのせいで余計に落ち込みながら部屋に戻る。

一晩寝て夜が明けたら、気分がすっきりしてる……なんてことはまずないだろうけど、かといってこのまま起きてても進展は無いだろうと思う。

だったら、逃げるみたいでなんかヤだけど、明日の訓練に差し支えないようにきちんと睡眠をとったほうが建設的かな……なんて思って、部屋に戻った。

するとそこには……。

「うふふっ、お帰りミナト君……遅かったわね？　どう？　そろそろいい加減に、私のことをもらってくれないかしら？」

寝間着に身を包み、僕のベッドに腰掛けて妖艶な笑顔を僕に向けてくる、今、まさに頭の中に思い描いていた女性……シェリーさんだった。

どうやらお風呂上りらしい、髪がしっとりと濡れていて、よく見ればわずかに湯気みたいなのが体から立ち上っている。率直に言えば……色っぽい。

「ねーぇ？　私達、一緒にいるようになってそろそろ半年でしょ？　確かに今みたいな、いろんな所を一緒に冒険したり、一緒に戦ったりする仲間、っていうのも悪くない関係だと思うけど……そろそろ、一歩踏み出してみてもいいと思うなあ……？」

僕と目が合うと、首をかしげ上目遣いに見上げてきて、誘うような仕草をする。

……いやまあ、実際誘ってるのかもしれないけど。

その様子を、僕は……動かず、何もしゃべらず、表情ひとつ変えずに、立ったまま黙って見ていた。

いつもの僕なら、無言で背中を押してご退室願うか、窓から脱出して帰ってもらうのを待つかの二択だったけど、今回は何も言わずにベッドの上、シェリーさんの隣に腰掛けた。

「…………え？」

「…………」

途端、隣のシェリーさんの目が、表情が……きょとんとしたものに変わった。

思いっきり予想外というか、想定外の事態が目の前で起こったような感じのものに。

それに対しても僕は、ちらっと視線をやる程度で、何も反応を返せなかったけど。

「……あ、あのー……ミナト、くん？」

「…………ん？」

「いや、あの、何ていうか……いつもみたく、呆れたよーな感じで追い出そうとしないの？」

「…………ん」

……やっぱり、そう思うよね、うん。今までそうしてきたもんね。

本気じゃない、ただの社交辞令というか、悪ふざけだとばっかり思ってたからね。

……まあ、正確には今も、シェリーさんのコレが本気なのかどうかはわかっていないんだけど。

夜中に部屋にまで来てるんだから、今更も今更だけど、本気で誘いに来てるって考えるのが普通だ。

また『フィルター』越しの考え方で申し訳ないけど、マンガや小説ならほぼそうだ。

けど、やっぱり僕にはわからない。

シェリーさんが、本気で誘ってるのか、冗談なのか。

もっと言えば……本気で僕に好意を抱いてくれているのか、そうでないのか。

こうして隣に座ってみても、何ひとつわからない。

本気なら嬉しいし、それに応えたい。

けど、シェリーさんが望んだとはいえ彼女に手を出したりなんかしたら、二股をかけたってエルクに怒られるかもしれないし、最悪縁を切られることになったら生きていけない。

そもそもシェリーさんがそういうつもりじゃなかったら気まずいどころじゃないし、それならそれで今までどおり無難な対応が必要だけど、判断材料がない。

あったのかもしれないけど、僕は何ひとつ気づけないままここにいる。

……『デイドリーマー』を今一度自覚して、反省してなお、このザマだ。

ホント、僕は今まで何をやっていたんだろうか……？

そんな感じで、答えが出ないどころか、考えれば考えるほど陰鬱《いんうつ》になった僕は、いつもと違って追い出されなかったシェリーさんが、隣でテンパってることにも気づけなかった。

「ね、ねえ……ミナト君？　お、追い出されないってことは……これって、わ、私の思いがようやく成就《じょうじゅ》しようとしてる……ってことでいいの、かな？」

「…………」

「そ、そうなの？　それとも違うの？　ま、まさか……ふしだらな女は嫌いって思ってる⁉　わ、私もしかして、愛想つかされちゃった⁉」

「…………」

「お、お願いだから何かしゃべって～！」

「……で、何で私が呼ばれてんの？」

ベッドの正面、椅子に座ってこっちをジト目で睨んでいるエルクのお言葉。

思いつめて何も言えず、無反応を貫き通してしまった結果、どうしたらいいかわからなくなったらしいシェリーさんが、さっきいきなり部屋を飛び出したかと思ったら……寝ていたところを無理に起こされたらしい彼女を連れて帰ってきたのである。

「だってほら、ミナト君変なのよ！　私が夜這いかけても追い出そうとしないし、何言っても反応しないし、今まで見たこともない物憂げな表情浮かべてるし……もう何が何だかさっぱりわからないからどうしたらいいか教えてエルクちゃん！」

「私ゃコレの取扱説明書じゃないっつーの」

呆れを前面に押し出してため息までついて、再度僕にジト目を向けるエルクだけど……どうやら僕を見て、様子がおかしいのは本当だと気づいたらしい。

ぴくっ、と眉毛が動いて……その後、僕を注視した。

「……ってこの色ボケ女が言ってるけど……何かあったの？」

「……ちょっとね」

「……そう」

直後エルクの視線が、ただ呆れているだけのジト目から、何かを察したものに変わる。

探るような目に、こっちがドキッとした。

「……よくわかんないけど、何かあったのは確からしいわね」

鋭いと言うほかないその言葉に、また僕は驚かされ……同時に、ちょっとだけ嬉しかった。

今のたった二言三言のやり取りで……エルクが僕のことを、『こいつ何かおかしい』って察してくれた感じがした。

こっちを見る目の感じが変わったように思えた。

……それにひきかえ、僕は……。

「……ねえ、エルク？」

「？　何？」

「……僕ってさ……今まで、シェリーさんとか、ナナさんとか、ミュウちゃんとかに……すごく、失礼なことしてたのかな……？」

「……どういう意味よ？」

☆☆☆

「……なるほど、ね。それで落ち込んでたわけ」

風呂場で師匠に言われたことや、その結果僕が気づいたこと、あと、そのことで僕がちょっと鬱になってるってことを話すと……エルクとシェリーさんは、ようやく納得したようだった。

「……うん。今までの自分が情けなくなって……ごめん、こんな愚痴《ぐち》みたいなこと」

「いいわよ、別に。しっかし……なるほど、悪い予想が当たってたか……」

「……？　予想？」

「ああ、こっちの話よ」

そう言ってエルクは、今度は視線をシェリーさんの方に向ける。

その先にいるシェリーさんは……こっちはこっちで、不思議な表情をしていた。

さっきまでの戸惑った顔は、僕の説明の途中で引っ込み……今の彼女の顔に浮かんでいるのは、『そーいうことね』とでも言いたげな、納得したような……それでいてすんなり受け入れてくれたかのような、優しい笑顔だった。

何か企んでる感じもなければ、誘うような感じも全くない。

まるで、小さな子供を見るような……ただただ、優しさのみが感じられる笑顔。

「……そーいうことらしいけど、どう？　シェリー」

「ん、納得したわ、一から十まで。そりゃ歯牙にもかけてもらえないわけだ。でも……」

「でも？」

「今、私……すっごく嬉しい」

「え？」

嬉しい、って……何で？

今の話のどこにも、喜ばせる所なんてなかったと思うけど……？

「あの……僕、シェリーさんの言葉とか意思とか勝手に捻《ね》じ曲げて……っていうか、まともに見聞きしてなかったんですけど。怒られるならともかく、何で喜んでるんですか？」

「まあ、それはちょっぴり悔しかったけど……ミナト君、言ってたじゃない。私達がミナト君にとって特別な存在だ、って。他の人に渡さないで独占したい女性達だ、って」

「あ……」

あ、まあ……うん、言った。

言ったけど……シェリーさんの口からあらためて聞くと、なんかこっぱずかしいな。

「てっきりエルクちゃん一筋、私達その他大勢は眼中に無いと思ってたミナト君の口からそんな言葉が聞けたのよ？　こんな嬉しいことってないわ！　必死で私のこと好きになってもらおうと頑張ってた努力が無駄じゃなかったんだ、ってわかったもの！」

「えっと……つまり、そのー……」

情けないことに、まだ確信持てていないっていうか、最後の一押しが僕の中で足りていないから、確認しなきゃいけない始末なんだけど……。

シェリーさんはやっぱり、ホントにっていうか、本気で僕を……。

すると、浮かれているシェリーさんを、横のエルクがなぜか肘《ひじ》で小突いて……僕の方を顎でしゃくって指し示した。

それだけで何かが伝わったらしく、シェリーさんが頷いた。え、何だ今の？

シェリーさんは、両手で僕の両肩をぐいっとつかんで自分に向き直らせると……おほん、と咳払いをひとつ。

そして、僕の目を真っ直ぐ真正面から見据えて、大きく息を吸って……。

「好、き、で、す!!」

耳がキーンとなるくらいの超特大音量で、そう言った。というか、叫んだ。

あっけにとられている僕の目の前で、シェリーさんは勝手にすっきりした表情になり……ふぃーっ、と額の汗をぬぐっていた。

何だ、その一仕事終えた感じのいい笑顔は。

そして横を見ると……いつものジト目になり、何やら魔法を発動させていると思われるエルクがため息をついてるところだった。

「……まさかホントにやるとは」

「どういう意味？」

「いや、あんたがコイツらのアプローチに無頓着なのは、単に好意に気づいてないからじゃないかって最近話題になっててね……それをどうにかするには、あんたにいかにわかりやすく正確に好意を伝えるかだろうって話になって……」

「……大きな声で、っていう案が出たの？」

「そこの色ボケ女からね。ったく、とっさに私が防音結界張らなかったら、この夜更けにどんだけ迷惑な騒音だったか……」

あ、今エルクから感じる魔力、結界魔法なんだ？

それも、僕が考えた『否常識魔法』のひとつ……音が空気の振動で伝わる波だってことを利用した防音魔法か。

「あはははは、まあ、それだけじゃなくて、私自身に発破をかける意味でもある大声だったんだけどねー。うん、すっきりした。ってことで……」

と、ホントにすっきりした表情で言うシェリーさんは、しかしそれでは終わらず、また僕の目を見て……今度は、ゆっくりと、しかしはっきりと言った。

薄く笑みの浮かんだ、しかし真剣さがありありとわかる顔で。

「私はあなたが好き。冗談でも社交辞令でも、人間として好きとかでもなく……一人の女としてミナト君が好き。できることなら娶ってほしいと本気で思ってる。正妻（エルクちゃん）がもういるから一番は無理かもだけど、愛人でも全然大丈夫」

言ってることはかなりとんでもない内容だけど、目から伝わってくるその真剣さが……これ以上何を付け足す必要もなく、彼女が本気だということをありありとわからせた。

「ついでに言うなら、私は強い男はそれに見合った女を、一人と言わず囲うものだと思ってるし、私以外に愛人が増えようが何も言わないいし、そもそもそんなの関係なく私はあなたのそばにいたい。一緒にご飯食べたり、バカ話して一緒に笑いたい。デートも買い物もしたい。一緒に戦いたいし、強くなりたいし、いろんな所に旅に行きたいし、ちょっと口に出していうのがアレなことだってしたいし、できるなら子供もほしい。だから……」

笑顔で一拍。

「私を、あなたのものにしてください。ミナト君」

……ここまで言われて、勘違いのしようがあるはずもない。

もともと僕は、人の真剣な思いってのに弱い人間だ。

真剣な思いを乗せた言葉ってのは、聞くだけでとても重くて……それに言葉を、返事をするっていうのは、それだけこっちの言葉にも重みが求められると思うから。

何というか、そういう重い感じの空気、苦手だし。

けど、それでも……そういう真剣な告白をしてくれた人に対して、同じように真剣に返事をするってのは、人として欠かしちゃいけない礼儀だとも思う。

だから……もう、目はそむけない。

今までも、わざとそうしてたわけじゃないけど……気づいた以上、もう逃げたくない。

たとえその返事がどんなものだとしても……僕は、自分の素直な、本気の気持ちを……きちんと責任持って伝えようと思った。

というか、どういう答えを返すのかなんて……考えるまでもない。

風呂場と、さっき屋根の上でやった自問自答で、もう答えは出ているんだから。

「……よ……」

「よ？」

「……よ、よろしく、お願いしまあぶっ⁉」

言い終わる前に、シェリーさんが飛びかかって抱きついてきた。

あふれんばかりの感情を、抑えきれなくなったかのように。

抱擁というか突進に近い愛情表現の結果として、後ろの壁にシェリーさんもろとも激突しながら……僕は思った。

今回のことで、僕の持病《デイドリーマー》は、少しはましになったのかな、と。

まあ、油断は禁物だろう。

ただでさえ僕は、前世持ちっていう、長所と短所が一緒になった特異なところがある。そのせいもあって、物事の見方が常人と違うから。

それがある以上……色眼鏡無しにこの剣と魔法の世界を見るのは、開き直るようだけど、多分不可能だ。

けれど、できることがないわけじゃない。

小さなことでも、自分にできる、始められることは、多分ある。

そうだな。まずは……自分を好きでいてくれる、自分にはもったいないくらいの魅力的な女性と、きっちり、真摯に向き合うところから始めようか。

さっきまでの、凛々《りり》しくて真剣な様子はどこへやら、猫みたいに頬ずりして甘えてくるシェリーさんをなだめていると、『やれやれ』って感じでため息をついているエルクが見えた。

一瞬、現在の僕の恋人である彼女が、この展開を快く思わないんじゃないか、って懸念が頭をよぎったけど、僕が何か言う前にエルクが口を開いた。

「今あんたが考えてることは無用な心配よ。私なら気にしない……こともないけど、まあ、シェリーなら納得できるからね」

「……心読んでるよねエルク、絶対」

「否常識《あんた》じゃあるまいし、んなことできないわよ。ただ……」

「ただ？」

「……私はあんたのことなら、『邪香猫』の誰よりもわかってる、ってだけの話よ」

ちょっとだけ得意げに、エルクはそう言った。

それを聞いてだろうか、僕の腕の中のシェリーさんが、こちらはちょっとだけ面白く無さそうというか、対抗心を燃やすような顔をして……しかしそれはすぐに引っ込んだ。

そして、にたぁっと、いたずらっぽさと獰猛さが混在した笑みを浮べた。

『言ってくれるわね』とでも言うように。

それを……そんな二人を見て、僕はあらためて思った。

僕ってやっぱり、もったいないほど魅力的な女の子に好いてもらってるんだなあ……と。

今後どれだけ僕を苦しめるんだろう、と覚悟していた悩みが、彼女達のお陰で、一晩と待たずに消えてくれた。

窓の外の夜空が、何だかさっきまでとは違って見えるような爽快感と共に、僕の長い夜は終わった——。

「よしそれじゃミナト君！　私の思いが成就して、無事に私と君の関係が一歩前進できた所で……せっかくだしこのままイケるとこまで行げふっ⁉」

「そうくると思ったわ、この発情エルフ」

——終わったと思ったら、いつもの調子に戻ったシェリーさんの目に、いつになく危険な光が宿って……しかしそれを鋭敏に察知したエルクのげんこつが振り下ろされ、強制停止。

どこまでもお見通しの様子。悩みが解決して一歩前進……したらしたで、これを好機と見たシェリーさんが暴走するであろうところまで、うちの嫁は予測してたようだ。さすが頼りになる。

「ちょっとーそりゃないわよエルクちゃーん！　せっかくほら、このままイケちゃいそうな感じだったのに、ここまできてお預けはひどいってば！　半年よ⁉　半年待ったのよ私⁉」

「お預け食らってた犬じゃあるまいし……ちょっと前に進んだ程度で一気にクライマックスに持っ

ていこうとしなさんな、焦って行き過ぎるとそっちの方がやらかす確率高いんだから。……そもそも、私だってそこまではまだだっていうのに……」

「心情的にはむしろ近い！　てか何、エルクちゃんもしたいのそこまで？　だったら私は一向に構わないというかむしろばっちこいでウェルカムだからいっそ三人ででも……」

「やめい、この色ボケ娘！」

……何というかこう、間に入れない会話が延々と続く中……果たして今宵《こよい》、こうして彼女達との関係が一歩進んだのは、本当にいいことだったんだろうか……とか、僕はぼんやりと考え始めていた。

ちなみにこの騒ぎは、スイッチ入っちゃって「やっぱりもう勢いで行けるとこまで！」とこっちに向かってきたシェリーさんを、突如として部屋に乱入してきた師匠が「ひとんちで乳繰《ちちく》り合おうとすんじゃねえ」と昏倒《こんとう》させ、そのままなあなあで解散になるまで続いた。

なんか、すいません。

第九話　『邪香猫』魔改造計画・完結編

僕が師匠に一喝され、『デイドリーマー』のフィルターをまたひとつ取っ払うことに成功した翌朝。

僕は、もう通い慣れたと言っていい『訓練場』にて……静かに精神を統一していた。

二本の足でしっかり立ち、目を閉じ、力を抜いて自然体で心を落ち着ける。

そんな僕の目の前——目、閉じてるけど——には、初日にも戦わされた、四本足の巨大な龍・ファフニールが、獰猛な唸り声を上げている。もちろん『擬態』だけど。

ランクＡＡＡの強さを持つこの魔物は、僕にとっても決して油断できる相手ではない。

攻撃力・防御力共に桁外れ。きっちり集中して、長期戦も覚悟した上で戦わなければならない相手だ。

………昨日までは。

集中を終え、僕が薄く目を開けた瞬間……師匠から『僕が目を開けたら戦闘開始』という条件付けをされていた擬態ファフニールが、勢いよく僕に飛びかかってきた。

「アサルト……パンチ！」

僕の間合いに入ったと同時。

轟音《ごうおん》と共に、首の付け根のあたりに炸裂した僕の正拳突きが、首の骨と肋骨のほとんど、さらに肋骨が守っていた内臓を潰した。

そのまま、巨体は飛びかかってきた方向とは逆へ飛んでいき、力なく地面に墜落して……動かなくなった。

まあ、その前に確実に死んでただろうけど。

それでも油断せず、きっちり残心して敵の死を確認する僕の目の前で……死亡確定のダメージだと判断されたことで、擬態の龍は床に融けて消えていった。

それを見届けてから、さすがにあの巨体を正面から殴り飛ばしたせいで、ちょっとだけ痛む右手をぷらぷらと振る。

もうちょっと魔力を込めて強化すりゃよかったな。

ふぅ、と一息つきながら、ふと横の……ベンチの方を見ると。

今の一連の、というか一瞬の戦いを見て、唖然としている『邪香猫』メンバーと、なぜか何かを納得した様子で、うんうん、と頷いている師匠がいた。


ことの発端は、今からおよそ三十分ほど前。

朝起きて、いつも通りに朝練を始めようとした時に……何だか妙な違和感を覚えた。

違和感と言っても、体調が悪いとかそういう感じじゃなく……むしろ、力がみなぎってくる感じだった。

しかし、今まで感じたことがない様な感覚だったので、やっぱ表現としては『違和感』っていうのを使うのが一番いいと思う。

何だろうコレ、と思い師匠にそのことを告げると、師匠の口から出てきたのは「やっぱりか」とのお言葉。

なんと師匠、僕がそうなることを予測していたのである。

そして師匠は、僕にその違和感の正体を教えてくれた。

「『覚醒』……ですか？」

「ああ。やっぱり聞いたことねーか」

『覚醒』。それが、今朝突然僕に起こった謎のパワーアップの正体。

師匠からは合わせて、『夢魔《サキュバス》』という種族の知られざる能力、というか特性についても聞かされた。

簡単に言えば、夢魔《サキュバス》の『覚醒』とは、精神面での未熟さを取り払い、吹っ切ることで、その精神的な成長が、肉体面や魔力面において爆発的なパワーアップとして表れたり、眠れる力が目覚めたりする……というものである。

トラウマを乗り越えたり、ずっと抱えてきた悩みを解決したりすると、それによって精神と同時に肉体とかも成長するわけだ。滅茶苦茶なことに。

『覚醒』の鍵になる『精神的な問題』は個人個人で違うらしいんだけども、どうやら僕の場合……深刻な持病である『デイドリーマー』がそれに相当するものだったようだ。

昨日僕は、師匠に一喝され、自分の本音や本性、至らぬ点を自覚。

その後しっかりと反省し、シェリーさんの好意に真摯に応えたことで、自分で言うのもなんだけど、精神的な成長を遂げた。

昨晩の出来事が鍵となって起こった『覚醒』により、僕は、全能力のパワーアップに加え、もうひとつ、夢魔《サキュバス》固有のとんでもない特殊能力に目覚めた。

それは『精神力によるパワーアップ』。

ベタというか、マンガや小説なんかではよくある話だけども、人間ってのは不思議な生き物で、精神的な理由で、身体的な能力が上下したりする。

例えば、テンションが上がっていたり、自信満々な精神状態で何かに臨んだりすれば、体がそれを反映して、実力以上の力を発揮できる。

逆に落ち込んでたり、自信喪失したりした状態だと、普段どおりの力を出せないこともある。

何かの試合中に、精神的に成長したり、トラウマを吹っ切ったり、観客席の大好きなあの子からの声援が飛んできたり、ってなことをきっかけにして超パワーアップし、劣勢だった状況を一気に逆転、とか。

ほかにも……病人がただのタブレット菓子を『薬』だと思い込んで飲むと、本当に病状が改善することもある。いわゆる『プラシーボ効果』。

それと似たようなものが、夢魔《サキュバス》の固有能力として存在する。

しかも『夢魔《サキュバス》』という、精神と肉体がこの上なく密接に関わっている種族においては、人間とは比較にならないレベルで効果が表れる。

師匠曰く、夢魔《サキュバス》のそれは、単なる思い込みによるパフォーマンスの向上なんかではなく、精神力でその他の能力を『直接的に増大させる』らしい。

例えて言うなら、普通の人間の『心』と『体』の関係は……『体』が火なら、『心』は薪だ。心という燃料によって、体という火がより強く燃える感じ。

これが物語の中の勇者とか主人公とかだと、薪じゃなくてガソリンとかになるわけだ。思い込みとか、そういうものの限界を取っぱらって強くなる。

が、夢魔《サキュバス》の『覚醒』による強化は……そういうものとは全く次元が異なるというか、強くなる方向が違うというか……とにかくまたデタラメな感じで強くなれる。

例えるなら、『体』は火、『心』はガソリン、そして……そこに『精神力』が加わることによって、燃焼に最適な焼却炉ができて、おまけに酸素濃度も上がる感じ。

どっかから引っ張り出されたそれらの要素により、戦闘能力を大きくブーストさせる。『精神力』なんていう、心とも似て非なる、目に見えない抽象的な力で。

で、実際にやってみた結果が……さっきのファフニール戦。

以前ならそれなりに苦戦していたＡＡＡランクの龍を、タイミングと打点をきっちり選んだとはいえ、一撃で葬《ほうむ》るレベルの拳になったわけだ。

なるほど確かに……こりゃとんでもない。

「なるほど……昨晩、そんなことが」

「シェリーさんまでお兄さんの毒牙にかかっ……もとい、お二人が両思いになったことで、お兄さんの身に『覚醒』とやらが起こった、と？」

「いや、それは結果に過ぎないでしょ。多分ミナト君が、その偏見とかいろんなもので歪んだ見方をしてたのが正されたから、っていうことなんだろうね」

「っていうか、それでシェリーちゃん、今朝からやたら嬉しそうだったんだねえ」

説明の必要があったから仕方なくとはいえ、昨日起こったことを話し……事情を知らなかったザリー、ナナさん、ミュウちゃん、そしてミシェル兄さんにも納得してもらえた。

案の定というかちょっとからかわれたんだけど……僕が今までにも増して化け物じみた力を手に入れた、ってことでみんな乾いた笑いを浮かべていた。

はははは……精神的には助かった気もするけど、安心していいのやら。

「……でも何というか……シェリーさんまでミナトさんとそういう関係に？」

「まあ、私としてはさらにもう一歩進んだところにでも行ければ文句はなかったんだけど……って、あら？　なあにナナちゃん、うらやましいの？」

昨日からちーとも言うことが変化しないシェリーさんは、ふと、ナナさんの表情が気になったようで、そう尋ねた。

尋ねられたナナさんは……。

「いや、何というのか……他人が食べているものは余計に欲しくなるというか、おいしそうに見えるというか、そういう感じだと思うんですが……」

と、視界の端でちょっと面白く無さそうな顔でナナさんがそんなことを言ってるのが少し気になったけど、それに反応するより先に……。

「よぉーし、きっちり『覚醒』したところで、だ。ミナト、お前に渡すもんがある」

と、師匠。

「はい？　何ですか師匠？」

「決まってるだろ、ふっふっふ……お前の新しい装備だよ」

そんな言葉と共に師匠が投げて寄こしたのは……先日から師匠に預けていた、母さん手作りの、黒帯という名の変身ベルト。

それを見た時点で、大体の意図は察した。

言われるままに、それをいつもの服の上から装着し、以前からやってたのと同じ感覚で『出てこい』と念じ、収納されているであろう装備を呼び出した……その瞬間。

僕の足下に、突如として……明るい紫色に光る魔法陣が出現した。

「……え？」

その光景に、僕と師匠以外の全員の目が点になった……直後。

その魔法陣が、同じく紫色の魔力光を放ったと同時に、間欠泉《かんけつせん》のごとき勢いで、微粒子状の魔力

光が噴き出し、竜巻のような螺旋を描いて立ち上る。

それで飛ばされたりはしなかったけど、僕の全身がそれに呑み込まれた。

おそらく外にいるエルク達からは、光と魔力の奔流《ほんりゅう》で、僕の姿は見えにくくなっていることだろう。

その魔力の奔流の中で、僕の両腕……肘から手にかけてのあたりに、魔法陣が出現し、まるで銀河のような渦状に光の粒子が収束したかと思うと、次の瞬間そこに装備が現れる。

それの繰り返しで、紫色の竜巻が立ち上っているほんの二〜三秒の間に、両腕に続き、両足、腰、さらに胸から肩のあたりに、今回新しく師匠に作ってもらった装備が出現。

そして最後に、竜巻がぎゅんっ、と僕を中心に収束して、その中心から光と共に勢いよく拡散して弾け飛ぶ。

別に風圧とかは発生してないけど、眩しかったんであろう、エルク達は目をつむったり手で目の前を覆ったりしてた。

……とまあ、こんな感じで、時間的には四〜五秒程度の間の、そりゃもうド派手な……まんま特撮ヒーローの変身シーンじゃないか、って感じの演出の後。

そこには……新装備を装着した僕が立っている、という状況だ。

その装備だけども……前までとは当然、見た目も何もかも違う。

手甲と脚甲は、さほどゴツくない感じなのは今までどおりだけど……ちょっとばかり装飾が豪華になっている。黒一色だった今までと違い、縁が金色になっていたり、随所にいろんなギミックが仕込んであったり。

さらに、手甲には手の甲の部分に、脚甲には足の外側のくるぶしの部分に、それぞれひとつずつ……両手両足合計で四つ、紫色のピンポン玉のような宝石が埋まっている。

師匠が提供してくれたコレは、『デモンズパール』という真珠。

闇の魔力を増幅させる効果があるが、取り扱いが難しく、実力不足のものがコレを使うと、最悪その場で魔力が暴走して体が木っ端微塵になってしまうらしい。

まあ、事前に試して僕はそうならずに上手く扱えたから、埋め込んでもらったんだけど。

それと、この埋め込んだ『デモンズパール』を固定している留め具の部分も金色だ。

加えて、今まではなかった、胸部分を覆うアーマーを装着している。

覆っている範囲は、前面は肩から肋骨があるあたりまで。背面は肩甲骨の周囲あたりまでだ。

やはりというかそこまで重厚じゃなく、プロテクターって言った方がしっくりくる。

胸の中心部分……肋骨の真上あたりには、手足のものと同じ『デモンズパール』が埋め込まれていて、ここの止め具もやはり金色。

さっき手甲と脚甲もそうだが、この金色の金属部分は、こないだの報酬としてネスティア王室からもらったあの『オリハルコン』である。

硬度・強度は全金属中最強クラスで、魔力伝導性も同じく高い。そのため、魔力系物質である

『デモンズパール』と僕の体をつなぐ導線、さらに魔力の放出機構として、新装備の各所に組み込まれている。

そして、装備の大部分を占める黒色部分。

今まで『ジョーカーメタル』だったこの部分は今、見た目は同じだが、材質は全く別なものに変更されている。

僕の前世知識&想像力と、師匠の膨大な専門知識と豊富な材料、そしてミシェル兄さんの『死霊術』に由来する知識と物質の各種を組み合わせた結果できた（できてしまった）超合金であり、つい先日この世界に誕生した新物質……『ダークマター』に。

そもそも、『ジョーカーメタル』とは、複数の金属や魔法物質を特殊な製法で混ぜ合わせて作った合金らしい。

使われている材料は三つ。超希少金属『アダマンタイト』と、『ゴールデンスフィンクス』という魔物の外殻、そして、高位のアンデッドモンスターの体内から取れる、怨念の結晶体とも呼ばれる素材『魂魄《こんぱく》結晶』。

これらを上手く混ぜ合わせて加工すると、オリハルコン以上の強度と魔力伝導性を持った超合金『ジョーカーメタル』になるわけだけど……師匠によると、それすら比にならないほど強力な物質なんだそうだ。『ダークマター』は。

『ジョーカーメタル』をベースの素材として、魔法生物『ナイトメアスライム』の体細胞、龍族

『ヒドラ』の鱗、生体鉱物『バイオクォーツ』、伝説の超金属『ヒヒイロカネ』、それから兄さんに出してもらったアンデッドの素材や、それを加工して得た新種の薬品……その他、魔物素材やら希少金属やらを惜しげもなく使用した。

結果『ダークマター』は、『ジョーカーメタル』を遥かにしのぐ強度と硬度を持つのに加え、魔力を流すことでさらに強靭になる上、形状記憶・自己修復機能まで持つに至った。破損しても魔力を流せば自動で直るってんだよ。すごいね、装備《アイテム》なのに。

とまあ、こんな感じで大幅にパワーアップした僕の装備。

見た目は……マスクこそないけど、かなり特撮ヒーローに近い感じになっている。

ただ、この黒＋金色の装備はハンパなく目立つので、この中の一部だけを装備し、前までと同じ黒だけの手甲&脚甲だけを装備している状態にもできる。

その状態でも、性能は以前と比べ物にならないくらい上だから、普段はこっちの方が目立たなくていいだろう。金の縁取りや胸部分のプレートは、本気モードの時だけ発現させる装備……って感じにすれば。

そしてこれらのデザインは、装着時に展開されたあのド派手な演出も含めて、全て……。

「あんたの趣味ね」

「正解♪」

さすがエルク。僕の嫁。

……ああちなみに、僕の新装備のあの変身演出は、きちんとＯＮ・ＯＦＦ効くので。毎度あれじゃ時間かかるし、隠密行動する時には思いっきり邪魔だしね。使うかどうかはその場のノリだ。

「だったら最初からつけなきゃいいじゃないの」

「それはやだ」

「……あそ」

とまあ、こうして、師匠プロデュースの『邪香猫』魔改造計画……最後の一人である僕の装備も完成したことにより、完結……と相成ったわけである。

……ひとつをのぞいて。

☆☆☆

話は、一週間ほど前にさかのぼる。

順調にメンバーおよび装備の魔改造が進んでいる中で、僕は師匠に、前々から考えていた、あるものの魔改造について打診した。

それを話した時、師匠ですら数秒ほど唖然としていた。

けどすぐにいつもの獰猛な笑みを浮かべ、『いいじゃねえか、やるぞそれ!!』という感じで、実行することに決まった。

なので、僕はすぐに、その魔改造のキーパーソンであるミュウちゃんを訪ね、協力をお願いしたのだ。

その際、何を早とちりしたのか、ミュウちゃんに若干おびえられながら、「私はその……腕は二本あれば十分ですし、目もふたつ、足も二本あれば十分ですよ……？」とか言われた。

普段僕はこの娘にどんな目で見られているのかと思って若干傷ついたけど、きちんと説明して誤解を解いた上で、協力してもらった。

……説明したらしたで絶句してたけどね。

まあ、無理もないか、計画が計画だし……そりゃびっくりするよね。

『オルトヘイム号』魔改造&戦艦化計画なんて聞かされたら。

いや、前々から思ってたんだ。『オルトヘイム号』……あれ、召喚契約してもらったはいいけど、やっぱボロすぎるし、瘴気濃いし、色々問題ありすぎだよなあ、って。

で、修業と授業の合間をぬって色々構想を纏めつつ、ある程度希望が固まった段階で師匠に相談して、本格的に取りかかることになったわけだ。

召喚獣に手を加えるのは、召喚契約者の協力と、相応の技術力があればそう難しいことでは無い。

この際、徹底的に、それこそ僕ら『邪香猫』の移動拠点として活用できるよう魔改造を施してしまおうと思った。

思い立ってからはそりゃ速かった。

召喚してもらった『オルトヘイム号』を、師匠の用意した特殊な術式で固定し、まず大まかにその内部構造を分析。

続いて、とりあえず導入したい機構を片っ端からリストアップし、どこにつければいいか考え、大まかに完成予想図を組み上げていく。

そして、必要なパーツをそろえ、あらゆるギミックを組み立てていく。

さらに『オルトヘイム号』用にマジックアイテムも作る。

完成したらどんな活躍をしてくれるか、期待に心を躍らせながら。

……このへんで僕と師匠、そして途中参加のミシェル兄さんの自重はほぼゼロになった。

協力者であるミュウちゃんが壁に向かって、「ごめんなさい、エルクさん、皆さん……私ではこの方々を止められないです……」と呟いていた。

そんな感じで進んだオルトヘイム号の魔改造は、おととい終わって……後は魔術的な処理だけなので、師匠にお願いしていたのだ。

そしてさっき、『ああ、アレも終わってるぞ?』との報告を師匠からもらったので、僕の新装備に続いてこいつもお披露目しようってことで、『オルトヘイム号』の魔改造が行われていたドックに全員連れてきたのである。

そこで僕らの前に姿を見せたのは、ボロボロの幽霊船の面影がほぼなくなった、荘厳とすら言っていい巨大な帆船だった。

木造の船体は、幽霊船っぽく見える要因のひとつだった多数の破損部分が全て直されているだけでなく、要所要所が金属のパーツで強化されている上、『スクウィード』の墨と『ミクトランデーモン』の血で作った黒塗料でコーティングされ、黒光りしている。黒船？

帆は全て張り替えられ、魔物の皮や昆虫系の魔物の糸を主原料とした強靭な布に挿《す》げ替えられている。

甲板もまた、同様に完璧に修繕されているばかりか、木でも金属でもない特殊なパネルによって覆われている。

実はこのパネル、『魔緑素』をヒントにして僕が考えた新しいマジックアイテム『マジックソーラーパネル』であり……前世の世界の『太陽電池《ソーラーパネル》』よろしく、光を受けて『魔力』を生産できるというとんでもないアイテムなのだ。

しかも、太陽光だけじゃなく、月光でも星の光でも魔力光でもＯＫ。

ただ、使うには外部から一定量『魔緑素』を供給してやる必要があり、実質僕がいないと使えない半手動アイテムなんだけど、こいつを使えば、船に搭載されている各種ギミックをかなり省エネで使えるという優れもの。

そしてそのギミックがまた、自重という言葉を空のかなたに投げ捨てたラインナップ。

まず最初に、この船、空飛びます。浮遊戦艦です。

師匠の資料の中から見つけた浮遊魔法の術式に、僕が改良して手を加えた術式を組み込んでいて、操舵室という名のコクピットで操作することにより、飛べる。

船尾部分に魔力のブースターもついていて、結構速い……はず。

……海・空共に自力で航行可能だから、帆が既に飾りと化している点はおいといて。

内部も結構豪華。居住スペース完備、収納スペース充実。

各所に『瘴気浄化装置』を取り付けてあるから、今まではいちいちミュウちゃんに頼んでやってもらっていた浄化も不要となり、普通に生活できる。

設備もかなり充実していて、普通の居住スペースだけじゃなく、冒険者稼業における作業各種において、あったら便利な専用の部屋とかもきちんと備えている。

採取した薬草やアイテム、魔物の素材を保管しておく保管庫はもちろん、各種機材が充実のトレーニングルーム、お客さんを招いた時用の客室や、魔物や盗賊その他を生け捕りにした時にぶち込んでおく牢屋なんかもある。

さらに、空間拡張した模擬戦用の訓練スペースもある。しかも内装には、師匠が『訓練場』の床や壁、天井に使っているあのスライム製タイルを進呈してくれた。

あと、僕専用の魔法・マジックアイテムその他の研究室《ラボ》も……ふっふっふ。

さらにさらに、一度ミュウちゃんに召喚してもらえば、送還しない限りそのまま現界し続けられるようになってるので、本気で拠点として使える。

必要なのは実質、最初に召喚する分の魔力だけなのだ。

その魔力も、『覚醒』で魔力量が大幅に増した僕なら、数パーセントほどの消費で呼び出せるから、コストパフォーマンスは非常に高い。

他にも色々とこだわりのシステムはあるんだけど、全部説明していたら時間がいくらあっても足りなくなるので、この船で最も僕がこだわった点ふたつについて説明したいと思う。

ひとつは……部屋のいくつかについている、巨大な『モニター』。

前世の液晶画面を思わせるこれは、師匠にもらった特殊な水晶の板を加工したもので、僕がオリジナルで作り上げた、『幻術』を利用した特殊な術式によって、そのまんま『モニター』の役割を果たしている。

そもそも、だ。幻術というものについて、どうお考えだろうか。

一般に幻術といえば、敵の感覚を支配し、狂わせ、あるはずのないものを見せて惑わせたりする魔法だ。撹乱戦闘などによく使われる。

しかし、この『感覚』に働きかけて、実際にそこには無い映像を見せたり、音を聞かせたりする、という効果……もっと他に使い道があるんじゃないかと、僕は前々から思っていた。

だって、実際にそこには無い光景や音を、相手の目や耳に伝えたりするってそれ……前世でいうところの、電話とかテレビとか、まんまじゃないか、って。

そう、全ては発想の転換。

僕は『幻術』を、特殊なマジックアイテムを介して使うことにより、映像や音声を伴った『最高の通信・記録手段』として使えないかと考えていた。

『幻術』が『幻』なのは、術者が相手に見せる映像や聞かせる音が『嘘』だからだ。

例えばその内容が、遠く離れた相手の姿や、その相手が実際に言っていた内容であればどうか。

もちろん、視覚的にそこに実際には無い、という意味でなら『幻』ではあるが……内容が真実であるならば、『通信』と呼べるのではないか。

そしてそれを、誰にでも視覚的に捉えられる形で映し出すことができたなら、それはすんばらしいことじゃないか。

そんな発想と共に、師匠に協力してもらって作ったのが、この船の各所に備えられている『モニター』であり……そしてもうひとつ。

僕の『ベルト』に収納されていて、この船の『モニター』とリンクしているふたつの小型通信端末『マジックタブレット』と『マジックスマートフォン』である。

このふたつは、見た目は完全にスマートフォンとタブレット。画面をタッチしてスライドして操作できる。

しかし中身は別に精密機械ではなく……特殊合金製の外枠に、水晶の板をはめこんだだけのつくりだ。……もちろん、ただの枠と水晶じゃないけど。

こいつらの画面に使っている水晶板は、幻術によって作り出された映像と音声を可視化・可聴化することができる媒介物質だ。幻術を使う要領で映像を構成することで、水晶の板に映してみんなでそれを見ることができる。

そして枠は、スマートフォンやタブレットの機能を再現するための媒介。

風景を撮影したりするカメラ的な機能や、文章を作るためのテキスト作成機能、そしてそれらのデータを保存しておくメモリー機能など、色々なことができる。

もちろん、スマホのように『通話』も可能だ。電波じゃなく、念話の応用だけど。

そしてそれらの機能の多くは『幻術』による『概念』であるため、僕の意思ひとつで編集などの操作が簡単にできる。

その補助とするための映像データもイメージひとつで水晶板上に投影可能なので、僕がこうと思って操作すればそれこそタッチパネル感覚で……。

まあ簡単に言えば、一部機能限定ながら、スマホやタブレットと同じような情報端末ができました、とだけわかってくれればいい。

しかもコレ、これまた一部の機能だけに限るけど、この『オルトヘイム号』の遠隔操作にも使えるのだ。

……なんか自重を一切しなかったせいで、この世界に恐ろしく不似合いなツールを作り出しちゃった気がするけど、生活が便利になるわけだから悪いことじゃないと思う。

なので、気にしないことにした。

どうせ――今更だけど名前長いな、『スマホ』と『タブレット』でいいか――どちらも、僕と師匠以外に使える人いないし。

それにあくまで『スマホ』と『タブレット』は、自前で幻術が使えない僕が、『通信手段としての幻術』を行使するための補助媒体だ。

僕だって幻術が使えれば、ホログラムとかバーチャルモニター的なものを空間に映し出して、記録のためにだけマジックアイテムを使ったりしてみたい。

……そういうの作ってみてもいいかもな。バーチャル的な……。

後は、ゴーグル型の結晶プレートを作って、それを装着して戦うことで、相手の情報を分析したりしながら近未来的な……うーん、心躍る。

「……さっきから結構な頻度で背筋が寒くなるんだけど、あんたまた変なこと考えてないでしょうね？」

エルクが最近鋭すぎる。

それはそうと、幻術を利用した近代情報端末もどきの話はここまでにして。

この船に搭載されている、僕こだわりのギミックをもうひとつ。

それは、普段は船首部分に格納されている……ある最終兵器だ。

師匠と一緒に試運転で使ってみた時に、ちょっと恐ろしいことになったので、そうそう使ってみるわけにもいかない一品であり……師匠と一緒になって「やりすぎたな」「はい」ってな感じになっちゃった兵器なんだけども。

「……あんたら師弟をして『最終兵器』とか『やりすぎ』とか言わしめるなんて、聞くのも怖くて仕方ないんだけど……一体どんなの作ったのよ？」

「えっとね……ごにょごにょ」

「……何それ？　聞いたことないんだけど」

「んー……まあ、説明するの難しいから、使った時のお楽しみってことで」

「永遠に来て欲しくないわそんな時は」

結構辛辣なことを言われてるけど、まあそんな風に言われても仕方ないかな、って感じのものを作って搭載してしまったのも事実なので、甘んじて受けておこう。

実際、あんまり使わない方がいい兵器だしね、アレは。

「……本気で怖いんだけど」

「いやもう、ごめんとしか」

その数分後、船の中の探索を終えて、驚いたような疲れたような呆れたような諦めたような表情を浮かべている『邪香猫』メンバー達に、エルクがこんな質問をしていたのが聞こえた。

「ねえ、あんた達。『かでんりゅうしほう』って何なのか誰か知ってる？」

「知らない（です）」

まあ、知ってたらそっちの方が驚きだね、うん。

第十話　それぞれの真実

「とまあ、そういうわけだ……コレ、一応書面に起こしといた解析結果な」

「ん……サンキュ、クローナ」

場所は……ウォルカのギルド本部。

時刻は、深夜。日付が変わろうかという時間帯。

ギルドマスター・アイリーンの執務室を、クローナは訪れていた。

その目的は……色々な『報告』。

今しがた提出された書類に、アイリーンはさらりと目を走らせる。

しかし、それだけで大方の事情を把握したのか、笑みを浮かべながら怪訝《けげん》な表情をする、という器用なことをやってのけた。

視線の先にある書類。そこに書かれていたのは……以前、アイリーンがクローナに解析を依頼した、ふたつの調査対象。

ひとつは、未知なる魔物『ディアボロス亜種』の体組織。

そしてもうひとつは……今ではクローナの弟子となった、ミナトの身体の精密検査。

「まず最初に、トカゲの鱗と爪の解析結果だがな……」

「……コレを見る限り、ボクの最悪の予感が当たってるようだね」

「ああ、そうらしい」

きっぱりと断定するクローナの言葉に、アイリーンは苦々しく顔を歪めた。

しかし事実である以上……否定し、逃避することに意味は無い。

すぐに思い直し、より建設的なことを考えるために頭を切り替える。

『花の谷』に出てきたっていう奴から採取したサンプルと、『狩場』に出た奴から採取されたサンプル。ふたつとも調べてみたが、結論としては……」

「……やはり、同じ個体か」

「ああ、魔力パターンその他が一致したから間違いねえな」

ずずっ、と、アイリーンから出された紅茶をすすりながら返すクローナ。

「……けど、クローナ……だとするとコレは……」

「ああ、言いてえことはわかるよ。俺だって目ェ疑ったからな」

そして、カップを受け皿にことりと置き、クローナは解説に戻る。

いつものだるそうな表情や、獰猛な笑み、そのどちらでもない真剣な表情で身を乗り出し、アイリーンの持っている資料のある部分を指差す。

『花の谷』と『狩場』……その二ヶ所でそいつが目撃され、ミナトの奴と交戦するまでの期間は数ヶ月と開いてねえ。しかし、それにしては……このふたつの体組織の活性具合の差は、異常と言う他にない」

「……魔物の成長速度が人間より速いのは普通だ、っていう常識を踏まえても？」

「あんなもんを『成長速度』の違いで片付けられるかよ。こりゃもう『進化』って言ってもいいくらいの差だぜ？」

感心しているような、呆れているような言い方で、クローナは言い切った。

「ともかく、間違いねえな。この『ディアボロス亜種』……原種もそうなのかは知らねーが、おそらく、戦闘経験の数と質に応じて、異常な速度で進化する。それも、必要ならば自分の姿形すら変えてな……今回のがいい例だ」

「ああ。ミナト君曰く、以前見たときより、鱗が重厚になっていた上に、動きの精度も上がっていて……おまけに遠距離攻撃や、爪や角に魔力を纏わせた攻撃までしてきたらしいからね。予想はしてたけど、そういうことなんだろう」

「知能も高く、その急激に進化した体をきっちり使いこなして戦うってんだから、デタラメ以外の何ものでもねえな」

硬度や強度、体組織の活性具合や再生力、果ては親魔力性に至るまで……二ヶ所で採取された『ディアボロス亜種』のサンプルには、隔絶した差があった。

そこから導かれる結論は、今言ったとおり至極単純。

この龍の成長速度は、恐ろしく速い。

そしてその成長は、より強い敵と戦う経験を経ることによってさらに加速し、時には、進化とも呼べるであろう成長も見せる。

「……それで、この鱗の持ち主君は……」

「ミナトの話じゃ、頭蓋骨を砕いた感触が、拳を通して伝わってきたらしい」

「じゃ、死んだ？」

「いや、そうとも限らねえぜ？　一部の魔物の中には、脳髄を含む内臓が鋼みてーに硬質な奴や、頭蓋骨が多層構造になっていて脳を保護してる奴もいるしな」

きっぱりと、クローナは言ってのけた。

おそらくは『肯定してほしい』と内心願っていたであろう、アイリーンのかすかな希望を、あっさりと却下した。

しかもそこにさらに、追い討ちをかける。

「そして当然だが……もしこいつが生きていれば、今回のミナトとの戦いで、また大幅にパワーアップしてるだろうな」

「……また、『進化』とすら呼べるであろう成長を遂げていると？」

「さあな、それはコイツが、コイツの本能が、どんな力を自分に必要とするかによるだろうが……ますます手がつけられねえレベルになることは間違いないだろーさ。もしコイツが次に出たら……

お前が相手をした方がいいかもな」

その後、いくつか確認を済ませた後……二人の話題は、もうひとつの解析依頼の結果へ移っていった。

そして同時刻。

同じ内容の話をしている者が『暗黒山脈』上空の浮遊戦艦の甲板にもいたりする。

☆☆☆

「……ねえ、ミナト」

「何？」

「これは……一体何なの？」

この状況に関する説明を求めてだろう、エルクが尋ねて来た。

星空がきれいな夜、僕ら『邪香猫』一同は、今日の日暮れ前、「お世話になりました！」ときっちりお礼を言った上で、師匠の所から無事出立した。

で、せっかくなのでこの『新・オルトヘイム号』で飛んでいこう、って話になった。

でも、こんなもんが空飛んでたら騒ぎになるってことに、離陸して数分後に気づいた。

ただ、幸いというか何というか、もう日が暮れて暗くなってきていた。

黒塗りのこの船は夜の闇にまぎれることができるので、夜の間ならいいか、ってことで、今もこうして飛んでるのである。

一応念のため、船に組み込んだ認識阻害の魔法を発動してるし、多分見つかって大騒ぎになるようなことは無いと思う。

ただ、いくら認識阻害術式を組んでいても、昼間だとさすがにこの巨体を隠しきるのは無理みたいなんだよね。見た人の意識から隠れきれないみたいで。

霧の中とか、夜の闇にまぎれていれば大丈夫だと思うんだけど。

そして、そんな船の上。

甲板……というより船首近くのところに立って、僕は……両腕を横に伸ばしたエルクを、後ろから両手で支えていた。

……言わずと知れた、船の上では定番のあのポーズである。

これが何なのか、ってことで、エルクのさっきの質問だったわけだ。

「ああ、このポーズ？　えっとね……前に読んだラブロマンス系の物語の見せ場のポーズ。船が舞台の物語なんだけど、甲板に立って恋人同士がやってたやつ」

「……あんたはまたわけのわからん上にこっ恥ずかしいことを……」

「ちなみにその船、最後に沈むんだけどね」

「縁起《えんぎ》でもない!!」

すぱぁん、と。

いい音で僕の頭を叩いたのは……ハリセン。

こないだネタで作ってエルクにプレゼントしたツッコミツールだ。早速活躍している。

実はコレ、マジックアイテム作りの授業その他の時に出たあまりを師匠にもらって、暇潰しに作ったものなんだけど……使った材料がまた豪華なんだよね。

何せ、『邪香猫』の新装備を作ったり、前の装備を改良した時に出たやつだから。

柄の部分はつや消ししたオリハルコンで、刀身（？）の部分にはミスリル、あと形くずれしないようにアダマンタイトと、ちょっと曲がったりしても直るようにダークマターも混ぜてあって……

うん、間違いなく世界一高価なハリセンだと思う。ムダに。

「まったくもう……っと、冷えてきたわね、もう中に戻らない？」

「そだね、そうしよっか」

言われてみれば確かに……ちょっとだけど風も出てきたし。

体が冷えちゃう前に、一緒に中に戻ることにした。

風向きは……向かい風なので、中に入る前に帆を畳んでおく。

わざわざ上ったり引っ張ったりしなくても、専用の術式を組んであって、メインマストの付け根のロープをちょっといじるだけで、自動的にできた。

それにこの船、風向きとか全く関係なく自力で飛ぶしね。

「……しっかし、帆船なのに帆たたんでも普通に飛んでるって、本格的に帆がただの飾りだという
か、なんというか……僕が言うのもなんだけど、ちょっと非常識だよね」
「ホントよね……ってか空飛んでる時点でそもそも色々とおかしいってのよ。……っ、そんなこと
より早く入りましょ、風邪引いちゃうといやだし」
「そだね。鍛えても寒さには強くなれないな、やっぱ」
「人間ってのはそーいう生き物よ。脂肪の有無で多少強い弱いはあるかもしんないけど、基本的に
着衣で寒暖に対応するもんなんだから……まあ……」
寒そうに体を震わせ、肩を抱いて船内への出入り口へ急ぐエルク。

「……お互い、人間じゃないとは言っても、ね……」


ぽつりと呟くように言った瞬間、複雑な感情が、一瞬エルクの瞳に浮かんだように見えた。

「……そだね。でも、一応僕らカテゴリー的には『人間』でしょ？」

「ギリギリで、だけどね。あんたが突然変異で……」

「エルクは……『先祖がえり』」

「そ。まあ、普通じゃないって意味では一緒よ。それに、だからって風邪引かないってことにはな
らないんだから、さっさとあったまりましょ。あんたは『エレメンタルブラッド』とやらで平気か

もしれないけどね」

「はいはい」

……さっきから、僕とエルクの口から色々とわけのわからない、衝撃発言が飛び出してるけども。

これは、これらは一体どういうことなのかというと……話は、僕らが師匠の城を出立する前にさかのぼる。

☆☆☆

いつもの訓練場に集められた僕達に、師匠が言ったのは……師匠が初日にアイリーンさんから依頼されていたことに関して、僕らにも報告しておいた方がいいことがあるから今から説明する、というものだった。

大きく分けて、それは三つあった。

ひとつは、ディアボロスの件。

やはり奴は、強敵と戦うたびに、その経験を糧《かて》にして、進化と言ってもいいくらいの驚異的な速度で成長する、っていうもの。それゆえに、何度も逃がすのは得策ではなく……次に出会ったらなるたけ仕留めた方がいい、ということだった。

そしてふたつ目。それは、僕の体が……やはりというか、普通の人間のそれからは大きく外れたものに変質してしまっている、ということについてだった。

そして、その原因は『エレメンタルブラッド』である……って、ちょっと⁉

「ちょっ、師匠⁉　それは母さんから口止めされ……」

「わーってるよそんなことは。ただな、少なくともここにいる連中には知っといてもらった方がいいことだから言ってんだよ」

師匠が平然と、機密事項であるはずの『エレメンタルブラッド』のことをみんなの前で口にしたので、あわてて止めようとしたんだけど……どうも何か事情がありそうだ。

何のことだかまだいまいちわからず、全体的にきょとんとしてる様子のエルク達に対して、師匠は僕を制し、そのまま僕の体について、そして『エレメンタルブラッド』について説明してしまった。

秘密にしていた魔法『エレメンタルブラッド』が、血液中に魔力の粒子を流して全身を強化するものであり、それによって僕の体は全能力が凄まじいまでに強化されているということ。

そして、幼い頃からそれを使っていた影響で……さっきも言ったとおり、僕の体が、魔力による強化以前に、異常なまでに変質していること。

まず、おそらくは突然変異にも似た超反応の結果であろうが、僕の体組織は普通の人間のそれとは別格の強度になっているらしい。

それも、細胞レベルで。

筋肉繊維の一本一本の密度などからして普通のそれとは隔絶した差があり、師匠曰く、普通の人間のそれをただの糸とするなら、僕のは超硬合金の鋼線と言えるらしい。

神経伝達は常人の数十倍から数百倍の速さ。骨の硬度・強度も超硬合金以上で、回復力にいたってはヘタな治癒魔法すら上回る。

細胞は個々の生命活動が途轍もなく活発な上、全身のそれら全てが『万能細胞』に近い能力を持っているらしく、汎用性が凄まじいどころじゃなくなっている。

分化するときの操作次第でいろんな器官を作れるらしく、極端な話、葉緑素とかけちなこと言わずに、その気になれば翼を生やしたり目や腕を増やしたりすることもゲフンゲフン……まあ、さすがにやらないけど。

そして、栄養分さながらに日常的に魔力を取り込んできたせいか、極めて親魔力性が高く、魔力運用に際して肉体が全くそれを阻害しない。

加えて魔力耐性も高く、魔法攻撃に対する耐性が異常なほど高い。

さっきも言った通り、もともとの防御力も異常だから、それと合わさって防御面は障壁魔法とタメはれるぐらいに鉄壁なわけだ。魔力で強化するともっと上がるけど。

それと、戦闘能力には関係ないけど……消化器系や循環器系、免疫機能や栄養の蓄積機能なんかも満遍《まんべん》なく人外。

毒物や病原菌が体の中に入ってきても、即座に抗体を作って駆逐するし、そもそもよっぽど強力じゃない限り基本的な免疫機能のみで十分に死滅させられる。

あと、食べたものを栄養素に分解して吸収する際、消化吸収が異常に速い。意識して加速させることも可能で、その気になれば数分で吸収し終わる。

しかもそこに魔力が絡んで、普通の人間の体にある物質——グリコーゲンとか——とは全く異なる物質を作っているらしく、質量保存の法則を無視してエネルギーを貯蔵できる。

つまりは、普通の人間より吸収効率が尋常じゃなくよい上、体重を増やさず、余分な脂肪をつけずに大量の栄養を体内に溜め込んでおけるそうだ（師匠がこれについて説明した瞬間に女性陣から意味ありげな視線が飛んできた）。

とまあ、ざっとこんな感じで僕の体はホントに『否常識』な感じになってるわけだけど……問題はむしろこの後だった。

そんな、僕が人間から逸脱した肉体を得るきっかけになった『エレメンタルブラッド』……それを応用して作った魔法のひとつに『他者強化』があるわけだけど……これがまた曲者《くせもの》だったのだ。

ただの魔力でなく『魔粒子』を使って他人の体を強化するこの魔法、実はそのきめ細かさゆえか、単なる肉体の強化にとどまらず、体の組織の奥の奥まで届いて『強化』を施すため、あるとんでもない『副作用』があることが明らかになった。

もっとも……別に悪影響ってわけじゃないんだけど。

それは、簡単に言えば……『才能の強制覚醒』。

一定出力以上の『他者強化』を受けると、受けた者は、本来は長期の鍛錬によって呼び覚ますはずの『才能』や『素質』を一気にたたき起こされる。

しかも人によっては、遺伝子の奥底に眠っているってレベルの、本来なら一生表に出てくることなんてないであろう『素質』まで飛び起きる。

そして、一度たたき起こされた才能や素質は、『他者強化』が切れた後も目覚めっぱなしであるため、個人差は当然あるものの、その人は『他者強化』の前後で基礎能力そのものがかなり強化されるという、凄まじい結果になる。

ゲームで例えれば、冒険の序盤で、終盤にならないと覚醒しないような便利スキルがいきなり使えるようになるとか、そんな感じ。二周目プレイとかの特典でもない限りありえない、反則とかチートとか言ってもいいような異常現象である。

そして、この力で眠れる才能を呼び起こされた者が……すでに何人かいる。

思い返してみると、結構いるんだ。そういう感じになった人達が。

まず、『邪香猫』メンバーは軒並《のきな》みそうなってると言っていいだろう。

ザリーもシェリーさんも、以前『他者強化』を施術したら、なぜかかなり調子がよくなったって言ってたし。

ミュウちゃんはそれに加えて、術そのものの『熟練度』みたいなものまで強化されたとか。

前までは不可能だったレベルの魔物と『召喚獣契約』できるようになったとか、以前より大規模に魔法を展開できるようになってたとか。

ナナさんなんかはもっと極端だ。

前の三人と同じようなことが起こったのはもちろん……記憶喪失まで治った。今考えると、あの時のアレもこの副作用のせいだったんだ。

こうなると、同じように最大出力の『他者強化』を施した他の人達……スウラさんやギーナちゃん、シェーンなんかも何かしらに目覚めてる可能性あるかも。

そして、割と頻繁に僕の肩の上でそれを受けていたであろうアルバも。

さらに言えば……もしかして『花の谷』で、『アルラウネ』のネールちゃんが一夜にして『フェスペリデス』に進化したのも、コレのせいかもしれない。

しかしなんといっても、一番この力の影響が大きく出たのは……エルクだろう。

何せ、さっきは極端な例として示した、遺伝子の奥底に眠っていた『素質』がホントに目覚めて、『先祖がえり』としてその力を覚醒させちゃったんだから。

そこの部分を師匠は、山場だとでも言わんばかりに、ゆっくり丁寧に話してくれた。

エルクが最近発揮している非凡な能力の数々を、ひとつひとつ。

魔力そのものの多さや、高い魔力感応力——そしてそれによる学習能力の高さ——なんかは、人間にも場合によっては見られるものだし、比較的ましだ。

しかし、問題はここからで……まず、『花の谷』で見せた、『ドライアド』などの精霊種の魔物の念話を自然体で傍受する能力。

精霊種の念話は特殊であり、早い話、秘匿性能が極めて高い。相当な実力者でもない限り、同族以外には傍受なんてできないそうだ。

それこそ、ザリーみたいに専用のマジックアイテムでも使わない限りは。

それだって、使い手の実力次第では捉えられないらしいし。

実際、『ネガエルフ』のシェリーさんでも、自分宛てじゃない精霊種の魔物の念話を拾うのは、使い手がよっぽど未熟でもない限り不可能だそうだ。

なのにそれをエルクは……普通に聞いていた。

次に、植物性の毒性魔力の影響を受けなかった点。

これについて何のことだか最初わかんなかったんだけど、師匠に聞いたところ、ネールちゃん達と初めて出会ったときにくらった『トレントコールド』って魔法のことらしい。

僕にもエルクにも全く効かなかったから、魔法なのか、魔法だとしてもどういうものなのかもわかんなかったんだけど、アレはいわゆる『状態異常』系の魔法で、限られた時間ながら食らった者に呪いのような作用をもたらす、れっきとした攻撃だそうだ。

それを、僕は『エレメンタルブラッド』のおかげで効かなかったとして……なぜエルクは平気だったのか。

他にも、師匠の指摘によれば……『マジックサテライト』。アレもおかしいらしい。

『広範囲の空間の把握』なんていう無茶な魔法術式、普通の人間には絶対使えないし、仮に使えたとしても、精神・魔力負荷が大きくて一秒も耐えられないらしい。僕やアルバの魔力まで使ってるから、なおさら。

……そういや前に、ザリーとかシェリーさんにもできないかってためしてみたことあったなあ。

負荷以前に、発動も習得もできなかったけど。

しかしエルクは、それを普通に使いこなしている。しかも、多種類の『チャンネル』までさっちり完全に制御して。

向き不向きがあるのかな、とか考えて大して気にしていなかったけど。

さらに、普通、念話は実力や熟練度に応じて通信可能な距離が伸びていくもので、覚えてまだ数ケ月も経っていない素人はせいぜい数メートルで、才能があっても数十メートルが限界だって言われてるのに、エルクは普通に数キロメートル単位で念話を使えるし。

魔力関係の修業を始めて間もないのに、魔力感知能力がかなり高いし、属性まで感じ取るし。

……こんな感じで、普通の人間じゃあ考えられない点がわんさか。

どれかひとつかふたつくらいなら、そういう分野で天才的なんだろう、って解釈も……だいぶ無理すればできなくもないけど、これら全部が可能となると天才では片付けられない。

実は師匠、それの確認に、エルクが特訓の時に戦う魔物を使っていたらしい。

毒性魔力や瘴気を使う魔物とか、相手をするだけで魔力的に強い負荷がかかる魔物とか、その他もろもろ……いろんな性質を持つ魔物を。

それらを使って調べた結果、師匠の結論は……。

「エルク・カークス。おそらくお前は……『ハイエルフ』の先祖がえりだ」

「……は……？」

コレにはさすがに、僕のせいでいろんな『否常識』に慣れつつあった『邪香猫』メンバーも唖然《あぜん》としていた。

『ハイエルフ』といえば、エルフ系種族の頂点に立つ存在にして……数ある亜人種族の中でも、伝説的な存在と言っていい種族。

こと魔力方面において、『ケルビム』や『エクシア』、同種の反存在『ネガエルフ』など一部例外を除けば、他の種族を圧倒的に凌駕する実力を誇り、しかも身体能力的にも優秀で、寿命も数千年単位、おまけになぜか美男美女が多いというトンデモ種族だ。

ただしその分（？）閉鎖的で……人前には滅多に出ない。

というか、森の奥深くに集落を作って生活してるらしいんだけど、普通そこから出てこないらしい。基本的に選民意識の塊《かたまり》な上、人間その他を蛮族としか見てないそうで。

そういや、シェリーさんの種族『ネガエルフ』も似たような感じなんだっけ？　正反対の存在とか言われてるけど、やっぱ上位エルフ同士、似てるのかな、考え方とか。

っていうか、そういえばハイエルフって……。

「そういえば、ドレーク兄さんとアクィラ姉さんも『ハイエルフ』だったような……」

「ん？　ああ……お前んとこの一番上のあの二人な」

ドレーク兄さんは、金髪で、エルフらしく耳が長くて尖ってるダンディ。

アクィラ姉さんは、黒髪で美人で……あ、髪に隠れてたから耳の形知らないや。けど多分尖ってるんだろう。

母さんを除けば、キャドリーユ家戦闘能力ナンバー1とナンバー2であるらしいあの二人もハイエルフ。そう考えると、そのハイスペックさもわかるってもんだ。

……あの二人はハイエルフの中でも別格である可能性が高いけど。

しかし、素朴な疑問だけど……集落やその周辺の森からほぼ一切出ず、厳しい掟《おきて》を守って暮らしている『ハイエルフ』の血が、よく僕ん家に入ったなあ。

シェリーさんの話でもそうだったし、そんな厳格な暮らしのところなら、婚姻なんかも管理されてそうなもんだ。他の種族との婚姻とかありえなそうだけど。ファンタジー系のゲームとかだと、『ハーフエルフ』みたいな混血児が冷遇されていたりするし。

それをなんとなく師匠に聞いてみたら。

「ああ……あの二人の父親は何というか、特殊な経歴というか過去の持ち主でな……」

どうやらドレーク兄さんとアクィラ姉さんの父親は、閉鎖的な暮らしに嫌気がさした、超珍しい『例外』だったらしい。

森の集落から出奔《しゅっぽん》して一人でいたとき、当時まだ解散前だった『女楼蜘蛛』と遭遇し意気投合。しばらく一緒に行動した後、最終的に同じ町に拠点を置いた。

その後しばらくして……まあ、色々あったんだろう。色々。

母さんが妊娠して……それをきっかけに、『女楼蜘蛛』は解散した。もともと、『そろそろ潮時じゃない？』的な雰囲気もあったそうだ。

ドレーク兄さんとアクィラ姉さんの父親は同じらしいから、しばらく母さんはその『変わり者』のハイエルフと一緒に暮らしたのかも。

そんな感じで『キャドリーユ家』に『ハイエルフ』の血が入ったわけだけど……実は話はそこで終わらなかった。

というのも、長男のドレーク兄さんが生まれた直後、お祝いってことで、解散後初めて『女楼蜘蛛』が再集結して誕生記念パーティなるものをやったらしい。

その日偶然、父親……すなわち『変わり者』さんに、森の集落からの追っ手がやってきたのだ。

まああ りがちというか、ハイエルフの掟に背《そむ》くとはけしからん云々かんぬん、速やかに集落に戻れば酌量《しゃくりょう》の余地はどーたらこーたら。

そして、その後がまずかった。

母さんとその『変わり者』さんとの間に子供……ドレーク兄さんが生まれていたことを知った追っ手の皆さん、その子供も集落に連れて帰るとか言い出した。

しかも、下賤《げせん》な他種族の分際でハイエルフの子を産むなど無礼だの何だのと、母さんを捕えて自分達の法律で裁判するとか言い出して……あ、この先なんか想像つく。

「で、まあ必然的に……リリンがキレて追っ手全員半殺しにしたわけだが」

昔を懐かしむような顔で語る師匠の言葉に、僕ら全員が『うわぁ……』って感じの遠い目になった。

しかも、話はまだ続く様子。

「そこで終わってくれりゃよかったんだが、ムダにプライドばっか高い連中だったからよ……今度はもっと大人数の追っ手がかかってな？　リリンの留守を見計らって、ドレークとその父親を強引に連れ去っちまってよ」

「……………なんてことを」

その先、聞くの怖いんですけど。

「で、当然リリンは怒髪天。一緒にいた俺らも連れ立って、その集落に殴り込みだよ。……つっても、俺らはリリンのストッパー役としてだけど」

「なるほど」

「で、そこで夫と子供を返すようにリリンは言ったわけだが、例によって向こうさん、選民意識による罵詈雑言《ばりぞうごん》を飛ばしてくるもんで、やっぱりリリンがキレてな」

「で、止めていただけたんですか？」

「いや、あいつら俺らも罵詈雑言と裁きの標的にしてきやがったんで、あの土壇場《どたんば》で『女楼蜘蛛』の心がひとつになった」

考えうる限り最悪の事態にっ⁉

「その結果………あー……ぶっちゃけて言うと……（ごにょごにょ）消えちまってな」

……え、今ちょっとよく聞こえなかったんですけど……何が、どこから？

「えっと……追っ手が？」

「いや……」

「……集落が？」

「いや…………山が半分ほど」

「皆、僕達は今何も聞かなかった！『女楼蜘蛛』はちょっとエキセントリックだけど、間違いなく過去最高の見習うべき所の多い（と思いたい）冒険者チームだ！　いいね！」

「了解」

こっちでは『邪香猫』の心がひとつになりましたとさ。

精神衛生上よろしくないことからは目を背ける。結構重要なスキルのひとつだ。

ま、まあ、兄さんと姉さん（と、その父親）に結構なバックグラウンドがあったことがわかったところで、盛大に脱線した話をもとに戻そう。

エルクはその、『ハイエルフ』族の血を引いてるわけだ。『先祖がえり』という形で。

同じ例としては……あのアイリーンさんも『ハイエルフ』の先祖がえりである。

まあ、だからってエルクもあんな感じになるってわけじゃないだろうけど……普通の人間とは全く別格の存在になったことは事実。

驚異的な魔力を有し、魔力方面での才能は天井知らず。肉体的にも普通の人間より強靭だし、もしかすると寿命もハイエルフ並みに長いかもしれない。

しかも、自覚したことでさらに能力が目覚めていくだろう、とのことだった。

まあ、だからって知らない方がよかったとは思わないけど。知らないでいてある日突然暴発しました、とかの方が怖いし。

それに、僕の『他者強化』が原因でそんな感じの能力が目覚めちゃったことを、気にしてるかエルクに聞いたら。

「別に？　あんたと一緒になるって決めた時点で、とっくに普通の人生なんて諦めてるから。むしろ、今より強くなれるならいいことだしね」

そんな、内容的にもフレーズ的にも嬉しい答えが返ってきたし。

『一緒になる』って言葉の意味は、仲間的な意味なのか所帯的な意味なのかは聞かなかったけど、まあいいや。

師匠の方から『こいつも結構毒されてきてんな』とか聞こえたけど、気にしない。

「ま、そんなわけでエルク・カークス。お前は……まあ、戦い方や魔力制御的な意味の熟練度なら、俺がかなりいいとこまで鍛えてやった。が……『ハイエルフ』の力やその修練方法は、正直俺も知らん。専門外だ」

「訓練法の考案なんかもできないんですか？」

「ああ。ましてや『先祖がえり』……下手にやって効率を下げたり、間違った指導しちまったら目も当てられねーわけよ。つーわけで、そこはそれ、専門家に聞け。話つけとくから」

「専門家って……ああ、アイリーンさんですか？」

「それともう一人な……心当たりあるから」

もう一人？　誰だろ、同じように『ハイエルフ』の先祖がえりなのかな？

「いや、『先祖がえり』じゃなく純粋な『ハイエルフ』だ。つか、俺が知る限り『ハイエルフ』の先祖がえりは、アイリーンとエルクだけだし」

「純粋な『ハイエルフ』!?　え、まさか他の『ハイエルフ』の集落に行けとか？」

「いや、そーでなくて、さっき話した『変わり者』……お前んちの長男と長女の父親だよ。あいつ、まだ生きてっから」

「え、そうなんですか!?」

ああ、まあ、たった（？）百五十年前のことなわけだから、寿命の長さを考えたら生きてても不思議じゃない……か。

しかし、ドレーク兄さんとアクィラ姉さんのお父さんか……僕にとっては義父みたいなものだ。

エルクの力の制御方法と訓練方法を、そんな人に習うことになる（かもしれない）とは……ホント世の中、どう転ぶかわかんないもんだなあ。

師匠の話だと、背が高くてちょっと見た目が怖いらしいけど、『ハイエルフ』なのに人当たりもいいって話だから、あんまり緊張も心配も要らないらしい。

あとついでに、多分実力は……ＡＡＡにちょっと届かないくらいだそう。強いんだな。

どんな人なのかはわかんないけど。

何にせよ、お世話になる人なんだ。きちんとして失礼のないようにしないと……。


「名前が確か……バラックス、つったかな」

……え、ギルドで聞いた名前のような？

☆☆☆

……さて、長い回想はこのへんにして。

またまた所変わって、ついでに場面とか時間軸も変わって……僕らは今、なつかしき『ウォルカ』に無事戻っていた。

『オルトヘイム号』は、夜明けと共に召喚解除して……徒歩で来た。

離れていたのは三ヶ月弱くらいだけど……王都と師匠んとこで過ごした期間が濃密だったから、すごく久しぶりに感じる。

そして、戻ってきてすぐに僕らは、師匠から事前に言われていたとおり、真っ直ぐ冒険者ギルドに来た。

師匠から話は通ってるはずだから、アイリーンさんとギルドマスターの補佐官であるバラックスさん――義父さん、とでも呼ぶべきなのか現在迷い中――に、エルクの指導をしてもらうようお願いしないと、と考えつつ訪ねたんだけど……。

なぜか到着して早々、リィンさん（わー、久しぶり）にギルドカードの提出を求められ……よくわからないままに全員が提出した。

そしたら数分後。

なんと奥から、アイリーンさんが直々に現れた。

驚きのあまり、周りの人達が硬直・沈黙する中、なんでもないようにすたすたとこっちに歩いてくる。

その後ろには、なんかすごく恐縮しながら、リィンさんもついてきた。

その手には、四角くて黒いトレーのようなものを持っていて、そしてその上には……一枚のギルドカードが載っていた。

てかアレ、僕のじゃん。『ブラックパス』ついてるし、間違いない。

……ていうか全体的に、なんか……表彰式か何かみたいな雰囲気だな。

アイリーンさんが、表彰状を渡す偉い人で、リィンさんがお盆とかに表彰状や賞品を載せて持ってくるお手伝いの人。そんな感じ。

しかし、それならなぜそのお盆の上に、僕のギルドカードが載ってるのかって話になるんだけど……その疑問は、五秒後にキレイに解消された。

カードを手に取ったアイリーンさんが、にっこり笑ってそれを差し出しつつ言った。

「ミナト・キャドリーユ君。Sランク昇格、おめでとう」

…………ぇえっ？

第十一話　日常からの脱出

「……そうだ、どっか行こう」

「どっかってどこよ」

「どこでもいいよ、ここではないどこかであれば」

いきなりわけのわからない会話から始まって申し訳ない。ミナトです。

突然ですが、なんかもう色々と限界なんです……。

僕が公衆の面前で、アイリーンさんから『Sランク』への昇格を告げられたのが、一ヶ月ほど前のことだ。

あの日を境に、僕の生活は劇的に変わった。

……つっても、いい方向に、じゃないけど。

少し考えればわかったはずだった。

現在、僕を含めても世界に四人しかいないらしい『S』なんていうデタラメなランクを持った冒険者が、周りからどういう目で見られるか……周りがどういう行動を取るか。

師匠曰く、弟子入りした段階で、僕はもうSランクの実力を持っていたし……それ以前に僕が戦った『ディアボロス亜種』も、ウィル兄さんの研究機関および師匠の解析の結果、Sランク相当の実力であったことは明白なのだそうだ。

そこに追い討ち、というかトドメを叩き込んでくれたのは、アイリーンさんから提案されて師匠が修業終盤で実行していた、僕らの『最終試験』。

秘境みたいなところに連れてかれて、なんか強い魔物と戦わされたと思ったら……どうやらあれらは、僕らのランクを見定めるためにアイリーンさんが指示した戦いだったらしく……それらを見事に撃退した結果、僕らへの評価が確定した、と。

ちなみに僕が戦ったのは、九つの頭を持つ龍『ヒドラ』。ランクはS。

普通に強い上、頭をちぎっても潰しても数秒で再生するデタラメな回復力の持ち主だった。

しかも牙には毒があって、僕でもちょっとひりひりして赤くなった。

普通の人間なら一滴浴びただけで、全身が腐って即死らしいけど。

『覚醒』後の僕でも結構てこずったけど、最終的には、『否常識魔法』をいくつか併用して叩き込んだ結果、完全に討伐することに成功。

なお、素材は証拠としてギルドに提出したものをのぞき、僕の新装備の材料になりました。

とまあこんな感じで、戦闘力の判断材料を丁寧にそろえられていたわけなんだけど……まだこれだけじゃないんだ、僕が『Sランク』になれた理由。

僕は……なんか自分で言うと自画自賛っぽくなってアレなんだけど、多方面に豊かな才能を持っている。オリジナル魔法の製作とか、マジックアイテムの製作とか。

前にもちょろっと言ったけど、冒険者のランクってのは戦闘力のみで決まるものではなく、その人物が有する他の技能のレベルも考慮した上で決められる。

だから僕は、それが後押しになって『Sランク』が確実なものになったそうだ。

初期のエルクは、知識の豊富さや探索関連の技能の高さで、戦闘力的にはちょっと頼りなかったけど、『E』のランクをもらってたわけだし。

……そのエルクは今や、師匠の所での修業に加えて、バラックスさんの指導で『ハイエルフ』の力を使いこなせるようになった結果、Ａランク（しかもＡＡに近い位置）にまで歩みを進めているんだけども。

加えて、僕の作った『否常識魔法』を、アルバを除けば誰よりも多く会得してるし、ここに来てさらに伸びている。ホントすごいなうちの嫁は。

そして他のメンバー……ザリーとシェリーも同様の進歩を遂げた。

ザリーはＡＡランク、シェリーはＡＡＡランクになった。

ナナとミュウは冒険者じゃないから、そもそもランクを持っていないけど……それぞれＡＡＡランクやＢ～Ａランク相当は間違いない実力を持っている。

加えて、ミュウに関してはまた僕が甘やかして色々やったから、召喚獣込みの戦闘力ならＡＡ行くかも。

それと、今気づいたと思うけど……最近僕は、うちのメンバーに対して『さん』『ちゃん』付けで呼ぶことをやめた。敬語ももう使っていない。

理由はまあ、色々あるけど……今までより距離が近くなったというか、仲良くなれたから、ってのが一番正しいかな。

師匠の荒療治で『デイドリーマー』が少しマシになった影響かも。もっと彼女達のことを知りたいっていうか、近くに感じたい、って思うようになったから。

……っと、話が脱線した。元に戻そう。

そんな感じで、僕らは軒並みランクアップし、それに比例……どころか加速度的に有名になった。

その結果、周りがめちゃくちゃ騒がしくなったのだ。

ちょっとだけ、『S』なんてランクを与えてくれやがったアイリーンさんを恨みそうになるくらいに。

まず、いろんな所からの勧誘が、うっとうしいどころじゃなく増えた。

人間兵器という呼び名すら生ぬるい『S』ランク。

軍の一個旅団、下手したら一個師団とすら渡り合えるかもしれない、ってのが世間一般の捉え方であり……そんな巨大戦力を召抱えようとする者は多い。

有力な貴族に、大きな商会、大規模な冒険者チーム、そして……一度だけ、お忍びで某アクティブ王女様まで訪ねてきて……いや、ホント何してんのあの人。

無論全部断ってんだけど、それでもしつこく勧誘は続く。迷惑だってのに。

宿……『バミューダ亭』にも迷惑がかかり始めてるし、ターニャちゃんも客の相手でかなりお疲れの様子。宿を替えた方がいいだろうか？

ってか、替えたところでなあ……そっちにも押しかけてきそうだし。

ある程度高級な宿なら対応してくれるかもだけど、それでもそれ以上の権力者とかが相手じゃ通しちゃうかもしんない。

いっそのこと、もう本格的に『オルトヘイム号』を拠点にしちゃおうかと思い始めた今日この頃。

ザリーが、面白い話を持ってきた。

☆☆☆

ちょっと地理の授業をしよう。

僕らが今いる『ネスティア王国』は、この世界における六つの『大国』のひとつである。

広大な大陸――『アルマンド大陸』の中西部から西端に位置している。国土面積はだいたいアメリカと同じくらい。形は違うけど。

その南には、東西に細長い六大国の『ジャスニア王国』。

北方には、ネスティアやジャスニアほど大きくないものの、『大国』のひとつである『チラノース帝国』がある。

その他にも、東の方に行くともっといっぱい大小の国があるんだけど……今は割愛《かつあい》しよう。

『大陸の西端』って言ったとおり、ネスティアから西に行くと、当然海しかない。

その海は、各国の国土から一定距離離れると『公海』になり、どこの国のものでもない。

すなわち船の航海も自由だし、探検するにも遠慮はいらない。

で、ザリーが持ってきたのは……西の海に浮かぶ、火山島についての噂だった。

「『サンセスタ島』？」

「そうそう。つい最近、噴火が収まったみたいでさ、探索可能になったらしいんだ」

――『サンセスタ島』。

数百年前から断続的に小規模な噴火を繰り返してきた火山島で、常に火山灰が島中に降りそそぎ、時折火山礫《れき》なんかも飛んできて安全とは言えない環境らしい。

おまけに魔物も、決して弱くは無い上に環境に適応している種族がいるため、冒険者だろうと他国の研究チームだろうとほとんど立ち入れない。

せいぜい、島の外縁部分をちょっと調べることができる程度なんだそうだ。

百五十年前に、あの元祖『否常識』集団『女楼蜘蛛』も挑戦したらしい。

彼女達の場合、実力は問題ないものの、『火山灰が髪や肌について不快』『どこ行っても灰ばっかで何もない。地味』『美味しい動植物がいない』などの理由であっさりやめたそう。

……まあ、依頼によらない探索は冒険者の自由だから別にいいんだけど。

ただ、ごく最近、昔に比べて噴火活動が穏やかになってきていたため、各国の観測チームが注視していたところ……ついにここ数週間、噴火が全くなくなった。

これを受け、いわゆる安定期に入ったとそれぞれが結論を出した。

『女楼蜘蛛』すらも（かなり俗な理由でだが）さじを投げた未開地域ということもあり、個人の冒険者のみならず、先の三大国が国を挙げて調査プロジェクトを始動させているのだとか。

「ここに行こうっての？」

「うん。僕ら個人で行くか、国の調査プロジェクトに参加して行くか、いずれにせよ島ひとつともなれば、結構な長期の探索になると思うし……しばらくこの町を離れれば、少しはこの騒ぎもましになるんじゃないかと思って。その後またここに拠点を置くかは、追々考えればいいじゃない？」

と、今日もまた新鮮な情報を持ち帰ってくれたザリーが机に置いた資料を眺める。

そこには、おそらく数日後にはこのウォルカにも出回るのであろう、王国の調査団への参加者を募るチラシや、『サンセスタ島』に関わる文書なんかが並んでいた。

……いつもながら、どっから仕入れて来るんだか。

「確認されてる限りでは、サンセスタ島って、CからB程度の魔物が多くいるんですよね？　あと、少ないけどAランク以上の魔物もいるとか」

と、ナナ。

……最近彼女、僕らに付きっ切りで、姉さんの商会の仕事してんのかちょっと心配になるんだけど……いいんだろうか？

というか、油断してるとこの人が冒険者じゃないってことを忘れそうになる。

「なーんだ、そんなに強い奴がいるわけでもないのね」

「いや、BとかCでも十分手ごわい部類の魔物だと思いますよ？　まあ……最近私達、ちょっとおかしな速度で強くなってるので、感覚が麻痺しがちですが」

シェリーに続いて、ミュウが言った。

「でも、それでいいんじゃないの？　別に私達、戦闘狂の集団じゃないんだから。手ごわい魔物や敵がいるところを目指してるわけでもないし……そもそも今回は、暇潰しが目的みたいなもんだもの」

「だね。観光気分……とはさすがにいかないかもだけど、ちょっと日常を離れて南の島にでも行くと思えば、軽い休暇みたいな感じで楽しめそうかな？」

「南じゃなく西ですけどねー」

やんわりツッコミを入れ続けるミュウと、エルクの『強い奴いないけどいいよね』的な発言に、ちょっと不満そうな顔をしているシェリーはさておいて。

確かにザリーの言うとおり……今の僕達にとっては、時間潰しにいいかもしんないな、この島。ただの観光地とかなら、そこでも野次馬連中は追ってくるだろうから……多少は危険で、僕らの実力ならほぼ安全でいられる場所、の方がいいだろう。

BとかC程度なら、野宿でも結界張れば比較的安全に寝られるし、最悪オルトヘイム号の中で寝ればいい。持続稼動型のバリア機構を搭載してるから、さらに安全だ。

それに未開の地なら……深入りしないようにだけすれば、ちょっとした探検ツアーみたいな暇潰しもできそうだ。

別に伝説とか、そういうのはないけど、ちょっとした遺跡や洞窟みたいなのはあるみたいだし。

「それにもうひとつ、この町を出た方がいいかもしれない理由があるんだよね」

「？」

「実はさ……この『バミューダ亭』、近々……閉めるらしいんだよ」

「え⁉」

ザリーから突然告げられた驚きの情報に、僕ら全員の声がそろった。

閉めるって……閉店、って意味⁉　この店が⁉　何でそんないきなり⁉

「ちょ、ザリー、そんな話どこから……ってか、ホントなの？」

「ところがどっこい、ホントなのよね！」


「⁉」

ばたぁん、と無遠慮なほど大きな音を立てて扉が開き、エプロン標準装備の、宿の看板娘であるターニャちゃんが入ってきた。

手にはお盆を持っていて、その上には、人数分のドリンクらしきものが入ったコップを載せている。お、サービス？　うれしいな。

……いやいや、そうじゃなくて。

いきなり入ってきたターニャちゃんの気配に気づけなかったっていう『お約束』はいいとして、今まさに彼女も肯定した、さっきの衝撃の事実について聞かないと。

僕らの前に、それぞれの好物であるドリンクを配っているターニャちゃんに声をかけようとしたら、先手を打つように彼女が話し始めた。

「あ、最初に言っとくと、最近ミナトさん達の追っかけで宿が騒がしくなっちゃったこととは……まあ、関係ないことはないけど、そのせいで閉店する、ってわけじゃないから気にしないでね？あくまでコレ、家庭の事情だから」

「……というと？」

「んーと……言ったことあったかどうかは忘れちゃったんだけど、この宿、王都にある『バミューダ亭』の支店なんだよね」

聞くところによると、ターニャちゃんの家はもともと王都で宿屋をやっていたらしい。

十数年前、この『ウォルカ』にも支店を作って営業を始めた。

今までは本店も支店も、問題なく営業していたんだけど……どうも、王都の本店を切り盛りしていた、ご主人の両親……つまりはターニャちゃんの祖父母の持病が悪化し、すぐに命がどうこうってのはないんだけど、引退を余儀なくされたそうな。

それで、王都の本店を継いでもらうため、この宿の主人に戻ってきてほしいということで、多方面から惜しまれつつも、ここを閉め、王都に戻ることになったらしい。

王都にいる、祖父母を手伝っていた従業員には、手伝いはともかく宿の管理そのものを任せられる人はいないそうだ。

当然、ターニャちゃんもそれについて王都に行くらしいんだけど……そこでひとつ、問題が持ち上がっている、という話をターニャちゃんは語りだした。

「実はさ……私んち、没落貴族なんだよね」

「え、そうなの!?」

没落……ってことは、もともと貴族だったけど、何かの理由で身分を剥奪《はくだつ》されたとか、そんな感じの身の上だった、ってこと!? ターニャちゃんが!?

「うん。あ、でも私自身はあんまり関係ないんだ。だって、うち……『バース家』が没落したの、もう百年以上前で、おじいちゃんすら生まれてなかった頃だし」

「そうだったの……初耳ね、私も知らなかったわ」

「まあ、話してどうこうなるもんでもないからね。お姉さまも、そんな昔私んちがどーだったとか聞いても仕方なかったでしょ？ 私だって知らないんだし」

相変わらずエルクを『お姉さま』と呼ぶターニャちゃんは、「あはは」と気まずそうに手を振りつつ続けた。

そういうわけだから、ターニャちゃんが王都に戻りたくないのは、僕が一瞬想像した、貴族だった頃の知り合いに会いたくないとか、会ったらいじめられるとか、そういうんじゃないようだ。

じゃあなぜかっていうと、聞けばターニャちゃん、没落したとはいえ元貴族の子女らしく、王都にある『学院』なるものに通っていたらしい。

王都にある『バミューダ亭』本店は、王都でもかなり大きく有名な宿らしく、そこを継ぐにはそれなりの知識は必要だろう、ってことで。

しかし、どうやら途中で挫折し……中退したとか。

王都にいづらくなり、ちょうど支店を出していた父親を頼ってここに来た、と。

そんなバックグラウンドのおかげで、ちょっとばかり王都に苦手意識があるらしいターニャちゃん。

別に戻ったからって、当時の同級生にいじめられるとかそういうことは無いと思うけど、できるなら戻りたくない、とのことだった。

「まあ、さすがにおじいちゃん達のお見舞いくらいはするつもりだけど、あそこには挫折とかの思い出が圧倒的に多いからさあ……定住はちょっといやだな」

「けど、職場が閉まっちゃうのにここにいるわけにもいかないでしょ？　それとも、どこかほかに職場でも探すの？」

「うーん、それなんだよね……」

はあ、と、ため息をつくターニャちゃん。

王都には行きたくない。だからといって、自活できるようなプランがあるわけではない、ということのようだ。

「今から雇ってくれそうな仕事場なんてないし……あってもちょっと怪しい感じのところはやだ

し……仮に仕事が見つかっても、住む場所ないんだよなあ……」

「ってことは、この宿の建物も売り払っちゃうの？」

「そうみたい、土地ごとね。まあ、私一人住むために建物だけ残しとくってのはないからね……確実に持て余すし、仮にそうするとしても、手続きとか超めんどいから」

「じゃああんた、やっぱり住む場所も一緒に探さなきゃいけないんじゃない……当てあるの？」

「今のところ……ない」

「……ダメじゃないのよ」

仕事もなくなるし、家もなくなる。ていうか、このふたつイコールだし。

どこかで仕事を見つけようにも、一人暮らしできるだけの稼ぎの仕事を、それもすぐに見つけるのは簡単な話ではない。

そもそも、住むところをどうするんだ、って問題もある。借家か何かを借りるとしたら、そこにも金がかかる。

この世界は、現代日本みたいに、不動産屋に行ってパパッとちょうどいい物件を探せたり、ハローワークに行ってさっと条件に合う仕事を見つけたりできるわけではない。

そりゃまあ、宿屋っていう商売を通して知り合いは多いだろうけど……商売の付き合いだからこそ、ドライになる部分はあるようだし……過度に期待はできないもんだ。

「しばらくでも泊めてくれそうな友達とか、親戚とか、いないの？」

「それは……難しいな～。余裕がないのはどこも一緒だし、仕事の上での付き合いがほとんどだからさ。親戚なんてそもそも……いや、近々こっちに引っ越してくる人がいるにはいるけど……ダメだ、セレナおばさんは仕事で来るはずだから、多分ギルドの寮だし、私が住まわせてもらう余地ないし……そもそもあの人割と厳しいから、居候《いそうろう》とか多分アウトだわ」

しばらくターニャちゃんはぶつぶつと呟いていたけれど……どうやら、熟考しても妙案は浮かばなかったらしい。

やがて、はぁ～～～、と、疲れ切った感じのため息をつく。

「ねえミナトさん、仕事くれない？　住み込みで」

「いや、いきなり何？」

ターニャちゃんにそんなことを聞かれた。

「いや、色々と考えてみたんだけど……やっぱ私の独力で一人暮らしをするのは無理そうなんだ。でさ、ほら、ミナトさん達が最近話してたじゃない、宿を替えた方がいいかとか、いっそ家でも買っちゃおうかとか。前者ならともかく、後者だったら……私、家事全般仕込まれてるから、家政婦として住み込みで使ってもらえないかな、と思って」

「一見筋道通ってるように聞こえるけど、冷静に考えると、やっぱり唐突過ぎる提案というか発想だな」

住み込みを要求しつつそんな提案をしてきたターニャちゃん。

……どうやら、何も思いつかなくてこちらを頼ってきた、ということらしい。

僕、ターニャちゃんの雇用主候補にリストアップされたんかい。

また唐突だな……本気なのか冗談なのかわかんないけど、いくらなんでも……。

……待てよ？

「案外……それもありかも？」

「え？」

ターニャちゃん本人を含む、その場にいた全員が、驚いたように僕を見る。

いやまあ、無理ないけど。

けど僕は、割と真面目に今ターニャちゃんが言った話を考えていた。

いや、家……というか、拠点をどうするかってのは、もともと考えていた話でもあるんだ。

宿を拠点にするんでなければ、買うにせよ借りるにせよ、そこの『管理』をどうするかって問題も出てくる。

僕らは冒険者だ。

依頼なんかで長期間家を留守にすることだってザラにあるし、その間誰も家に置かずに放置していたら、ちょっと悲惨なことになる可能性大だ。

いや、間違いなくなる。

依頼から疲れて帰ってきて、くつろぐ前に掃除しなきゃいけないとか、嫌過ぎる。

だから多くの場合、奴隷か雇った家政婦に命じて、留守中の家を管理させておくらしいんだけど……ターニャちゃんなら、その能力は申し分ない。

僕らが冒険者ライフを送った時間に対して、この宿で過ごした時間は決して長くはないかもしれないけど……彼女の、明るさや熱心さはよく知ってる。

時々ちょっとうざったいけど、気が利いて心優しい、信頼の置ける子だってことも。

仮に家を任せるなら……誰より信頼できると言ってもいい気はする。

普通なら、プロフェッショナルな家政婦を雇うところだけど……僕って、生活圏内にあんまり他人を迎え入れるの好きじゃないし。

あと、考えすぎかもしれないけど、今家政婦なんか雇ったりしたら、下心や余所との内通を疑わなきゃいけない気もしなくもないし。

てか実際、そういうのありそうで怖い。家政婦派遣組織に裏から手を回して、今勢いのある冒険者の家を内側から……とか。

それなら、ターニャちゃんならまだ……って考えたんだけど、的外れかな？

「えっ、えっ？　嘘、まさかの脈あり？」

「んー……まあ、完全に的外れってわけではないかもしれないけど……」

驚きつつもちょっと嬉しそうなターニャちゃんと、顎に手を当てて悩んでいるエルク。

「まあ、もし家を買うなら、の話になるけどね。それもウォルカとか……王都以外に。ターニャちゃん、いつごろ王都に引っ越す予定だったの？」

いつまでに決めればいいかな、って意味も込めて、聞いてみる。

「んと、ここの後片付けが色々終わってからだから……多分、三週間くらいかかると思う、ってお父さんが言ってた。ああでも、さっき言ったとおりどの道お見舞いには行くから……もしミナトさんの所で働けるとすれば、一ヶ月後くらいから、かな」

なるほど……それまでに決めればいいわけか。

拠点をどうするか。そして、ターニャちゃんを雇うかどうか。

そもそもの前提なんかも決まってないわけだから、今すぐどころか、しばらく結論出せないな……って伝えたら、ターニャちゃん『脈ありってだけで十分だよ！』とのこと。

とりあえず、ターニャちゃんの雇用の件については熟考するとして……その間の一ヶ月を使って、例の『火山島』とやらに行ってみる、ってことでいいかな。

期間もちょうどよさそうだし。

ザリーの話だと、王国の調査団の冒険者募集は急募で、結構すぐに出発するみたいだし……調査そのものは中～短期間で終わらせる予定らしいから。

今は大人しいとはいえ、火山島。調査中に火山活動が再開したりしたら、そりゃ大変だろうしね。

ナナとザリーの見立てじゃ、かけても二週間、それ以上はまた別に日程を組むだろう、って話だったし。それくらいなら……移動時間合わせて考えても間に合うか。

じゃ、そういう方向で決まりでいいかな？　ここんとこ騒がしい上に窮屈で仕方ない暮らしのリフレッシュのため。

僕らの次なる目的地は、火山島『サンセスタ島』ってことで。

……ところで。

それはいいとして……さっきからちょっと気になってることがひとつ。

ターニャちゃんがさっきあらためて言っていた、貴族時代からのファミリーネームの『バース家』って……なんか……。

「……なんか、どこかで聞いたような…………え？」

ぽつり、と呟いた独り言。

まさかそれがハモるとは思わなかった僕ら二人……僕とナナはちょっと驚いて、お互いの顔をきょとんと見合わせた。

え……何で？

第十二話　姉と義姉

時刻は、もうそろそろ日付が変わるくらいの深夜。

僕は……ある場所へ向かっていた。

今の僕は、普段から夜の闇にまぎれやすい黒服（ただし手甲脚甲は装備してない）に加え、いくつか『否常識魔法』も使って、他の人に見つからないようにしている。

Sランクになってからというもの、このくらいしないとおちおち出かけることもできない。

四方八方から視線が飛んでくるし、絡んでくる人も多いし。

それに、今から僕が行こうとしてるところ……その場所が場所だから、今は余計に気を使っている。

数分ほど歩いて着いたのは、深夜にもかかわらず、夜の闇を押しのけるほど多くの明かりが灯っている通りである。

この世界では、夜中でも営業している店っていうのは珍しい。二十四時間営業なんていう概念、軍や冒険者ギルドくらいにしかないから。

そんな珍しい店が密集し、『眠らない町』とか、むしろ『夜の町』とまで呼ばれるここの区域は……いわゆる『花街』ってやつである。

冒険者になりたての頃、僕が興味本位で行こうとしたこともある場所だ。

昼間のような、とは言わないまでも、通りの向こうの人の顔も余裕で見える明るさゆえに、黒装束がかえって目立ってしまうその通りを……僕は併用している『否常識魔法』のおかげで、他人に見つかることなく素早く通過する。

そのままさらに数分歩くと、僕は目当ての場所にたどり着いた。

そこは、娼館や娼婦宿、紹介所などが乱立するこの花街の中でもかなり高級な……ＶＩＰ専用、会員制の娼館。

腕の立つ用心棒なんかも大勢抱えていて、プライバシーなんかもばっちり守ってくれるっていう、一見さんお断りの高級な店だ。

僕はその店の裏手に回り、裏口のドア……の数メートル横にあり、幻術で壁に偽装されている、顧客の中でもさらに特別な、超ＶＩＰ専用の秘密の入り口をくぐって中に入った。

入ると同時に、『否常識魔法』の隠遁《いんとん》を全てＯＦＦにする。

中には受付係のお姉さんがいて、彼女には僕がいきなり現れたように見えたはずだけど、少しも驚かず、『お待ちしておりました』と話しかけてきた。

そのまま僕は、お姉さんの指示に従って、指定された個室まで行き、中に入る。

中には、大人数人が横に並んで寝られるような大きなベッドや、大きさは小さめだけれど豪華で清潔なバスルームなんかが完備されている。

そして、そのベッドの上には……二人の女の子が座っていた。

一見して姉妹、それも双子ではないかと思える。

二人とも濃いピンク色……マゼンタっていうのかな？　そんな色の髪で、長さは肩にかかるくらい。

背は少し低く、立っても僕の肩くらい。

体の線も細くて……っていうかそもそも見た目、小さいというか幼いというか……。

服はどちらも同じ、薄いピンク色のワンピース。

違う所といえば……片方は釣り目気味でやや気が強そうな感じ。眉毛逆ハの字。

で、もう片方は……温和そうな目つきだ。ハの字眉、ってほどじゃないけど。

二人は、僕が部屋に入ってきたのを見ると、にっこりと笑った。

「いらっしゃいませ♪」

「ふふっ、よく来たわね……今日もよろしくね♪」

猫なで声でそう言い、ベッドの方に僕を手招きした。

その誘いに逆らわず、僕はベッドの方へ歩いていき、ベッドに座る前に、ベルトに『収納』していた小さな麻袋を出し、それを二人に渡す。

中身は銀貨。今日の分の料金の半分の額だ。

こういう所を利用する際には一般的なやり方であるらしい。事前に決めてある料金の何割かをまず最初に相手に渡し、全部が終わったら残りの分も渡す。

最初に全額渡すと娼婦の方に逃げられてしまうし、最後に全額という形だと客の方に逃げられてしまう、というわけなので。

そのルールに則《のっと》り前金を支払うと、二人は中身を確認し、あらためて笑顔で、僕をベッドに迎え入れた。

手を引かれた僕はそのまま、彼女達のちょうど真ん中に座る。

そして、そのままベッドに仰向けになり……あ、ちょっとタイム。

ちょっと説明遅くなったけど、僕別に、本来の目的で利用させてもらおうと娼館《ここ》にきたわけじゃないからね？

この二人に会いにきたのはちゃんとした、いやらしくも何ともない目的があるからだし、これからやるのは別に『そういうこと』じゃないし。

だってこの二人……。


「でもつれないなー、ミナトってば。たまには『修業』じゃなくて、息抜き的な目的でここ利用してもらってもいいのに。ねえ、ディア？」

「こら、シエラ。ミナトは真面目なんだから……でも、したかったらホントに遠慮しなくてもいいのよ？　ミナト？」

「……ディア姉さんもシエラ姉さんも何言ってんの」


二人とも、僕の姉だから。

☆☆☆

簡単に言うなら、蛇の道は蛇。

師匠の下で鍛えることが出来なかった唯一の技能……『夢魔《サキュバス》』の固有能力。

それを鍛えるには、同じ技を使える人に訓練を見てもらうのが一番。

ゆえに白羽の矢が立ったのが、僕の姉であり『夢魔《サキュバス》』である双子の姉妹……キャドリーユ家九女ディア・キリオンと、十女シエラ・キリオンの二人である。

優しい目つきの方がディア姉さんで、釣り目のほうがシエラ姉さんだ。

二人はもともと娼婦で、この高級娼館に勤めている。

『夢魔《サキュバス》』の種族特性のためでもあるけど……二人とも『そういうこと』が好きだかららしい。やりたいことを仕事にしてる、ってわけだ。

生命維持に必要なエネルギーも確保できて、一石二鳥、と。

……まあ、本人達がいいなら、別に僕が言うことは何もないか。

この娼館は他の大きな都市にいくつも支店を持ってて、二人はそこを転々としてるらしいんだけど、最近になって久しぶりにウォルカの支店に来ていた。

それを知ったノエル姉さんから紹介されて、僕は二人を訪ね……『夢魔《サキュバス》』の固有能力の指導をお願いしたわけだ。

二人とも、快くＯＫしてくれた。

もっとも、料金はきちんともらわなきゃならない、ってことだったけど、そこは当然だろう。

娼婦ってのは時間と内容に応じてお金をもらうシステムだし、内容は違うとはいえ、わざわざ僕のために時間も手間も割いてもらってるわけだから。

二人がこの時間、通常の営業をしていたのと同じだけの料金を支払うべきだし。

とまあ、そんな感じで僕は今、ディア姉さんとシエラ姉さんの二人から、『精神制御』や『夢の操作』といった能力を、体で覚えさせられています。

具体的には、リラックスできるようにベッドに横になったところで、姉さん達に『幻想空間』に連れ込まれ……そこで色々と。


幻想空間の中で僕は、バケツをひっくり返したような大雨に打たれていた。

目を閉じて精神統一。自分の望みをはっきりと思い浮かべ……ゆっくりとそれを体の中から外にあふれ出させるようイメージする。

「……っ!!」

そして、それを一気に解放し、この世界に干渉させた……直後。

頭上を覆っていた雨雲が一気に晴れた。

それを見ていた姉さん達は、「おーっ！」と感心したように言い、ぱちぱちと手を叩いて褒めてくれる。

「やるじゃんミナト！　前々から思ってたけど、覚えるの早いねー！」

「ホントね。先に『覚醒』が済んでるからかもしれないけど、スポンジが水吸うみたいに、教えること片っ端から吸収しちゃうんだもんね……自信なくしちゃうなあ」

「いやいや、僕なんかまだまだだって。姉さん達このくらいノータイムでできるでしょ？」

「まあね」

直後、晴れ渡っていた空が、また大雨に変わった。しかも今度は雷まで鳴ってる。

言わずもがな、姉さん達がこの幻想世界に干渉して天候を変えたのだ。

基本的に幻想空間では、その空間の創造者がルールだ。

世界はその創造者のイメージと精神力でできている。だから、創造者の意思ひとつでなんでもできる。天候を変えたり、魔物を呼び出したり……ｅｔｃ。

もっとも、何を起こしたところで、それは幻想でしかないわけだけど。

しかし、同じ系統の術……幻術や『幻想世界』の構築やイメージの操作などを使う者なら、精神力次第で他人が作った幻想空間に干渉することもできる。

それを応用して僕は修業しているわけだ。姉さん達が作った幻想空間に連れてきてもらい、そこで世界に色々と干渉してみる。

それによってイメージ力を鍛えると共に、幻想空間の概念ってものを体で、感覚で覚えていくのだ。ゆくゆくは、自分で作れるように。

さっきみたいに天候を変えたり、滝を逆流させたり、何もないところから物質を生み出したり、星座の並び方を変えたり。

面白かったのは、姉さん達がイメージで作り出した魔物を、同じように僕がイメージで作った魔物と戦わせるっていう、育成系ＲＰＧを彷彿《ほうふつ》させる内容の訓練だった。

もうコレがめっちゃ楽しくて。

想像力は余りある僕だから、最後の方になると、姉さん達が大量に生み出したドラゴンと、僕が調子に乗ってイメージした巨大合体ロボとの最終戦争的な何かが始まったりして……あ、もちろん僕は中に乗ってた。

で、その勝負は僕が勝ったんだけど、その後、姉としてのプライドが傷ついたのか、ムキになった姉さん達が隕石《いんせき》を振らせたり大津波を起こしたりして逆襲してきた。

いや、幻想空間だからよかったけど、あれはマジで怖かった。僕のイメージじゃ対抗できなかったし。

まあ、それも含めて修業のいい思い出だけどね。

ただ、たまに姉さん達が悪ノリして、いろんな意味で恐ろしい内容の幻想訓練を思いつき実行することがあって、それだけはちょっと怖い。

いや実は前に、幻想空間の中で性転換させられて、女の体にされて、ベッドの上に寝かされて指一本動かない状態にされたことがあって……。

しかもその時、姉さん達がにやりと笑って……。

『早く男に戻らないと私達に色々とイタズラされちゃうわよ？』

『男に戻っても体の束縛をどうにかしないとどっちみちイタズラされちゃうけどね♪』

なんていうとんでもない修業内容をふっかけてきたことがあった。

その時は一応、火事場のバカ力とでもいうのか……さして時間をかけずに姉さん達のイメージを打ち破れたから事なきを得たけど……アレはちょっと、うん。トラウマ寸前だ。

いや、男としては美少女にいじくられるなんてのは嬉しいことかもしれないんだけど、同時に捨ててはいけない尊厳を踏みにじられるような悪寒が……。

今日は幸い、そんな感じの事態になることはなく、いつも通り幻想空間内で、姉さん達が起こす天変地異を、僕がイメージで干渉してかき消す訓練。

後、これは初めてだけど、自分で幻想空間を作り出すってのもやらせてもらった。

意外にも一回目で上手くいって、姉さん達をそこに招待できた。

姉さん達曰く、構築はまだまだ雑だけど、初めてにしては上出来だそうだ。

これと同じ要領で、寝ている間の夢の操作もできるらしいので、今度やってみようと思う。

「へー、じゃあ、しばらく来られないんだ？」

「冒険者って大変だね。そんな危険な所にも行かなきゃいけないの？」

「うん。まあでも、今回のコレは完全に僕らの都合というか、自由意志だけどね。自分で言うのも何だけど、僕今有名人だし……ゆっくりできないんだよ、この町じゃ」

そのための時間潰しに危険区域に行くってのも独特な思考だとは思うけど、どうせなら何か目的を持ったほうがいい。

何もせずにただ時間を潰すだけだと、最初はよくても後で暇になっちゃいそうだし。

母さん達ですら（実力とは全く関係ない理由で）探索を投げ出したような場所だし、まだ色々とわかってないことが多いって聞く。

初めての本格的な探索任務には、うってつけだろう。

いざとなったら『オルトヘイム号』で撤退すればいい。

そもそも、僕らだけじゃなく他の冒険者も大勢来るんだから、そこまで大きな危険は無いだろう。

いや、手柄の独り占め狙いの冒険者については警戒が必要かもだけど……それはまあ、どこ行っても一緒だと思うし。

「しっかし、『サンセスタ島』かあ……最近話題にする人多いなとは思ってたけど、ミナトがそこに行くとはねー……」

「？　話題って？」

「外歩いてても普通に耳に入ってくるし、お客の相手しててもよく聞くの」

『お客の相手』ってとこでちょっとぴくっと反応しそうになったけど、本人達が気にしてないのに僕が動揺してどうするんだ。

「……どんな感じで？」

「自慢話とかに織り込まれてるのが大概ね。自分こそがあの未開地域の謎を解き明かしてやるんだとか、採れる資源で一儲《ひともう》けしてやるとか、そんな感じ」

「で……『だから今のうちに俺と仲良くなっておくと得だぞ？』って続くのよね、お客さんの場合だと。そのまま、それとなく身請《みう》けの話につなげていったりとかさ」

「ふーん……って、身請け？」

『身請け』ってたしか……娼婦が、所属先の遊郭とかからお客さんに『買われ』て、その人専属の愛人とかになる感じのアレだったたっけ？　別の言い方すると、『落籍』。

「そうそう」

「娼婦ってのは一般的に、寿命の長い職業じゃないから。賞味期限が切れる前に、将来性のある人に買ってもらうのが、理想的な卒業の仕方なの」

「ま、私達にはあんまり関係ない話なんだけどね」

言いながら、シエラ姉さんは自分の耳……夢魔《サキュバス》の特徴のひとつである、長く尖った耳をいじくっている。

「そっか、二人とも『夢魔《サキュバス》』だもんね」

「そゆこと。お母さんの例もあるし、あと二百年は現役貫けるわ、多分」

「いや、この先二百年も娼婦やるつもりなの……？」

「ある意味天職だと思ってるから」

あっさり言うシエラ姉さん。

……ホントに忌避感ないんだな、この職業に。むしろ楽しんでる。

……っていうか、つい忘れそうになるけど、二人とももうすでに一世紀以上生きてるんだよな……いつからこの職業だったのかは知らないけど、おそらく数十年単位だろうし、プロ意識とか誇りみたいなのも持ってたりするのかも？

「私達を自分のものにしたくて、身請けを申し出る人は後を絶たないのよ？　まあ、これって人がいないから、今んとこ全部断ってるけど」

「いたら買われるの？」

「さあね。どっちにしろ今はあんまり考えてない」

「それに、私達みたいなのは、寿命なんかも気にしないといけないの。たとえば、今人間の誰かに身請けされても……人間なんてせいぜい八十年くらいで死んじゃうでしょ？　確実に私達が取り残されちゃう」

あーなるほど。夢魔《サキュバス》って、個体差あるけど、数千年単位で生きるしね。

「それより早く、確実に男として枯《か》れるしね」

「……さっきから『賞味期限』だの『枯れる』だの、結構すごいこと平気で言うよね」

「慣れよ、こんなもんは」

……こういう、細かいことを気にしない豪快（？）な性格も、気にいられる理由なんだろうな、と思う今日この頃。

実際、二人とも、体はちっちゃいけど、すごく美人だし、人気あるんだろう。

前に受付の人にチラッと聞いたら、彼女達の方が客を選べるくらいの人気で、予約は常にいっぱい。兄弟ってことで時間を作ってもらえる僕は、それが知れたら多方面から嫉妬されかねない、とかいう話だったし。たとえその中身が、彼らのヤってることとは違っても。

よく気も利くし、男性を立てることもできて、日々の愚痴を聞くのも上手。おまけに料理をはじめ家事全般できるときてる。

……愛人じゃなくて奥さんとして欲しがる人も多そうだな。寿命以外は将来に何も心配要らなそうだ。

「ま、そういう立ち位置なのよ、私達は。何ならあんたも誘ってみる？　身請け」

「いや、今そんなつもりないっていったばっかじゃんか。てか、僕ら姉弟」

「気にしなきゃ同じよ。男と女には変わりないんだから」

「それにミナト、夢魔《サキュバス》の力を持ってるってことは、私達と同じくらい長生きできそうだしね……まあ、私達が虜《とりこ》になるくらいいい男になったら、考えてあげてもいいよ？」

人の話を聞け。

そんな感じで、修業後しばし二人の姉と談笑した後、今後しばらく来られない旨をあらためて話した上で、今日の修業はお開きになった。

帰りがけに、独りでできる精神トレーニングのやり方を簡単に教えてもらえたので、暇を見つけてやっておこうと思う。

……しかし、さっきは流しちゃったけど……。

僕、確かに夢魔《サキュバス》の力持ってるけど、寿命に関してはホントにどうなんだろうな……？　今度機会があったら、師匠とかダンテ兄さんあたりに聞いてみようかな？

☆☆☆

数日後。

ギルドに正式に『サンセスタ島』探索のクエストが張り出され、野心・冒険心の豊かな冒険者達が殺到した。

当然、僕らも申請する。エルクと、事務仕事担当のナナと三人で申し込みに来た。

……来たんだけど……。

「……何か言いたそうですね？」

「いや、さすがにここまで偶然というか何というかそのー、ホントに僕の担当とかになってません？　リィンさん」

「……実は最近、本当にあなたの担当になりました」

と、最早おなじみになった、僕がギルドの受付に来ると必ず姿を見せる職員・リィンさんがため息混じりにそんなことを……ちょっと待って今何て言った？

え、ホントに？　ホントにこの人僕の担当になったの？

「ええ……あまり知られていない事実、というか、普通は説明することがありませんから当然なのですが……Sランクの冒険者には、専属の担当職員が二人つくのです。その選抜の際、私が一番あなたと接点が多かったということで……担当の一人に選ばれまして」

「へー……今初めて聞いたんだけど？」

僕、Sランクになって一ヶ月くらい経つんだけど……全然そんな話聞かなかったよ？

「本来、Sランクともなれば、ランク昇格は数ヶ月単位で審査が行われますからね。しかしあなたの場合、わかりやすい上に無視できない功績数多ですから……例外中の例外と言っていい速さで決まったんですよ」

「つまり……展開の速さに手続きその他が追いつかなくて連絡が遅れたのね」

と、エルク。

「そもそも就任が、ですね。私が担当に任命されたのは一昨日なので」

こころもち疲れた感じのため息と共にそんなことを言うリィンさん。

なんかごめんなさい。

てか、二人って言ってたけど……もう一人って誰なんだろ？

☆☆☆

当然ながら、サンセスタ島に行くには海を渡る必要がある。

ということは、船に乗る必要がある。

当たり前のことしか言ってないけれども、結局僕が何を言いたいかというと……要は、船に乗れる場所に移動します、ってことだ。

まあ、僕らにはごく最近手に入れた、というか改造《リフォーム》した、閉所でもない限りどこでも自由に使える船があるわけだけど、アレはそうそう使っていいもんじゃない。

空飛ぶ船なんて、目立つどころの話じゃないだろうしね。

そんなもんを持ってるのは僕ぐらいだ。

普通の人は、船に乗りたければ港町に行く。

そして、今回僕らが受けた依頼である『サンセスタ島調査団の護衛』に参加する大勢の冒険者の移動手段は当然船であり、港町で手配されている。

参加者は馬車でその港町に向かう、というわけだ。

ちなみにこの依頼、依頼主はなんとネスティア王国そのものである。

加えて、経費その他もろもろは、ほぼ全部国持ちでやってくれる上に、報酬もかなりいい額が提示されている。

そのため、クエストにやる気を出す冒険者は、やはりというか多かった。

国全体でなんと三百人を超えたらしい希望者の中から、基準は明かされなかったけども、書類審査などで選抜が行われて……参加者は五十人にまで絞られた。

競争率六倍か……まあ、狭き門なんだろうか？

前世の大学受験で十二倍の倍率を勝ち抜いた僕が、その数字を見てひそかに優越感に浸るなんていう、意味のない上に器《うつわ》の小さいことをしてたのは秘密。

結局大学行く前に死んじゃったしね！

ちなみに僕ら『邪香猫』は、個々の実力もさることながら、僕が世界有数の、そしてネスティア王国唯一の『Sランク』だってこともあり、選抜は免除だったらしい。

うん、やっぱSランクの恩恵ってかなり大きいのね。デメリットも大きいけど。

で、だ。今僕らは、その港町に向かう馬車の中にいる。

僕らに気を使ったのか、はたまた単に偶然か……『邪香猫』が利用している馬車の中には、僕らのチーム以外の冒険者はいない。貸し切り状態だ。

それもあって、割かしリラックスすることができている。

「しかし、火山島ねえ……またけったいなとこに行くことになったもんだわ」

僕の隣に座っているエルクが、武器である投げナイフの手入れをしながら、しみじみと言った。

「こないだまで私、初心者用のダンジョンでも死にかけるくらいの冒険者でしかなかったんだけど……そんな、あきらかにヤバそうな場所に行くことになるとは……人生って不思議ね」

「それ言ったら、私なんか冒険者ですらない、漁師宿の看板娘だったんですけどね。もちろん、戦闘能力なんてものは皆無の」

そう言ってきたのはミュウ。向かいに座っている。

こっちはこっちで、その当時からの商売道具（？）である水晶玉を磨いていた。

ここ最近、また使うようになってきたんだよね。ミュウの『占い』という名の予知能力。

ミュウもエルクと同じように……師匠から、戦闘の修業は受けたものの、一部の特殊な能力については、指南を受けられなかったのである。

彼女の『予知』をはじめとした、亜人希少種『ケルビム族』としての固有能力の数々は、師匠でもわずかな文献を知るだけであり、それらについて指導できるほどの知識・経験はない。

知り合いに『ケルビム族』がいるわけでもないから、紹介もできないし。

……ああ、正確には……いたけど敵対したから消し飛ばしたんだっけ？　母さんが。

まあ、どっちでもいい。今いないなら同じだ。

そういうわけで、彼女の能力に関しては……研究を進めつつ伸ばしていくほかないってことになり、その監督役は僕がやることになった。師匠命令で。

無茶ぶりにも見えるが、願ったりかなったりである。

そもそも、ミュウは仲間だ。彼女が成長する役に立てるなら、僕には否やはない。

加えて……未知の部分が大きい『ケルビム』の力や、そのメカニズムその他を解明し高める研究に携われるとなれば……研究者である師匠の弟子冥利《みょうり》に尽きる。

それを告げられた時……ミュウ本人が一番不安そうだったのは謎だけど。

「多分、まな板の上の鯉《こい》の気持ちになったんでしょうね……」

「うん？　エルク、何か言った？」

「いいえ何も？」

そういえば、最近この二人――エルクとミュウ、ちょいちょい仲いい感じに見えるんだよな。

なんかこう、同じ苦労をわかりあい、分かち合う仲間同士、って感じの視線を交わす光景をよく見るというか……その後なぜか僕が視線を感じるというか……。

……よくわからないけど、まあ、仲がいいことはいいことだ。うん。

「まあでもさ、今回は何ていうか……冒険よりも、ゆっくり休暇的な意味で行くわけだし、そんなに身構える必要もないでしょ。気楽に行こ、気楽に」

「気楽にいけばいいけどね～」

「？　シェリーさん、そのこころは？」

「だってさあ、今までこのチーム、そーいう何も特別なことがないはずの旅に限って、ろくでもないことが起こってきたじゃない？　なんとなく、今回もただじゃ終わらなそうだなー、って」

「縁起でもないこと言うんじゃないわよ、そこ……ホントにそうなったらどうすんの」

「そんなこと言ったってねー。ていうかむしろ、そういう経験が多いのは……ミナト君との付き合いが一番長い、エルクちゃんでしょ？」

「……そういわれると、否定できないけどさ」

おーい、エルクー、負けないでー。

てか、その言い方だとなんか……僕がそういうトラブルを毎回呼び込んでるみたいに聞こえちゃうじゃん。心外な。

「ただ、行く先々にたまたまトラブルがあって、しゃーなしに首突っ込んでるだけだってての」

「同じでしょ、結果的には」

「それでも、根っこの部分に持って来られると面白くないもんだよ。こちとら別にトラブルを望んでるわけでもないし……そもそも、今回みたいにゆっくりしていたい時だってあったんだし」

そうだよ、僕は別にトラブルを楽しんでるわけじゃないんだよ。

むしろ、時によっては散々な目にあってるしね。半日ぶっ続けで馬車と並走して森を駆け抜ける羽目になったり、とんでもなく強い黒トカゲと戦って重傷を負ったり、『幽霊船』で目にも鼻にも優しくないゾンビ軍団と戦ったり……やれやれだよ、ホント。

「今回はトラブルとは無縁の、普通のバカンスを楽しみたいもんだ」

「バカンスといいつつ、行く先は危険区域なんですけどね……」

「まあ、うっとうしい喧騒から逃れられれば、その辺はいいんでしょ、別に」

そういうこと。

「けどねえ……いくら実力的に危険でもないし、いざとなったら……なんかこう、クローナさんの屋敷にいたときに作ってたマジックアイテムとかでどうにでもできるって言ってもさ。やっぱヤな予感はひっこまないよね……いかにも何かありそうじゃん。火山島なんてさ」

と、軽口ながら若干本気で不安そうにしている、ザリー。

っていうか、皆してそんな風にやたらめったら不吉な話ばっかりしてると、ホントに何か起こりそうでこっちも不安になってくるんだけど……。

まあ、別に何が起こっても対処すりゃいい話だけどさ。今までもそうしてきたし……って、いかんいかん。僕まで何か起こる前提で考えちゃってるよ。

これから僕が行く先は、言ってみれば避暑地なんだから――火山島だからかえって暑そうだとか言わない――そんな物騒なこと考えて、くつろげませんでしたじゃ本末転倒だ。今までがそうだったからって、そこ行って何か変なことが必ずしも……。

――カンカンカンカンカンカン！


……起こる、なんて…………。

「えっとさ、今のって……？」

「馬車隊全体に、非常事態を告知する鐘……ですね」

「つまり？」

「何かあった、ってことでしょうね～」

「…………」

そして、僕に集中する全員の視線。

いや、待て待て待て。

当然のように全員そろって僕を見ていることとか、言ってるそばからやっぱりアクシデントがあったこととか、色々言いたいことはあるけど……とりあえず。

「……まだ火山島着いてねーでしょうがよー」

「そこかい」

仕方ないので、馬車の御者さんに何があったのか聞いてみると、どうも、こちらに駆け寄ってくる正体不明の一団がいるらしい。

盗賊でも出たのか、と思ったけど……どうも違うようだ。

戦闘が起こる気配はないし、そもそもアルバが反応しない。殺気や敵意を持った存在に敏感なこいつは、条件次第では、遮蔽物《しゃへいぶつ》があっても数キロ手前からそれを察知できる。

しかし、僕の肩に乗っかっているこいつは、特に反応していなかった。

ということは、その『正体不明の一団』とやらは、少なくともこちらに害意を持つ存在ではないのだろう。

『一応、警戒は必要……なのかもね』

馬車の外に出て確認していた僕は、念話でエルクに呼びかけた。

『んー、いつになくはっきりしない感じだけど、そうとれるわけ？』

『多分』

こっちに襲いかかってくる様子は今のところないけど……遭難しているといった要救護者でもなさそうだ。

そのまま遠目に観察しつつ、周囲での話とかも聞いてみた結果……詳しい、というか正確な状況を把握できた。

まずこの連中は、『火山島』に向かうために港町を目指していたギルドの馬車隊に、ひそんだり隠れたりするようすもなく、真正面から駆け寄ってきた。

ボロボロの服や装備を纏って、いかにも、順調な旅の最中には見えない感じ。

体も……かなりやせていて、ほおもこけ、ぱっと見では飢《う》えているように見えなくもない。

そして、全員が必死な表情を浮かべていることも踏まえて……これはただ事じゃない、と、先頭の馬車の人達が満場一致で判断。

まあ、見た目は遭難者か何かだしね。

とりあえず保護して、今、水を分けてあげつつ事情を聞いているところ……なんだけど……。

さっきから、様子を見て会話を聞いていて……話してる内容がおかしいことに気づいた。

おかしいというか……そもそも、会話が成立していないような……？

何か恐ろしいことがあったか、あるいは遭難して精神が衰弱《すいじゃく》してるせいかもしれないけど……保護された連中、言ってることがどうも支離滅裂《しりめつれつ》なのだ。あまりにも。

ギルド職員や冒険者が「大丈夫か？」「何があった？」とか聞いてみるが、こちらが求める答えは全然返ってこない。

要領を得ない話が続く……なんてのはまだましな方だ。

ぶつぶつと独り言を呟く者、虚空に視線を泳がせる者、落ち着きなく貧乏ゆすりをする者や、見るからに苛立《いらだ》っている者……ｅｔｃ。

なんか……まともな状態の人が、一人もいない……？

さっきから、エルクに協力してもらって発動してる『感覚共有』で僕と同じ景色を見ている『邪香猫』メンバー達も、そのおかしな光景に『？』を頭上に浮かべている。

『何あれ？　何か、よっぽど恐ろしいことでもあった……とか？』

『どう、でしょう……？　恐怖から精神を病んだのとは、また違うように見えますが……』

エルクの疑問にナナが答えた。馬車の中の皆が彼女に視線を集中させる。

馬車の中にいない僕も、耳を傾《かたむ》けた。

どうやらナナは、元軍人だけあって……と言うべきなのか、助けられた連中の状態に、違和感を感じ取っているらしい。

いやまあ、僕ら素人から見ても違和感だらけではあるんだけども……何ていうか、専門的見地から見た具体的な違和感、ってとこか。この場合。

『たまにいるんですよ……いろんな理由で、精神を病《や》んでしまう兵士って。魔物に味方が無残に殺されるスプラッターな光景を見たとか、桁違いに恐ろしい魔物に出会ったとかして。で、そういう兵士がどうなるかを見たこともあるんですけど……どうも、そういうのとは違う気がします』

ナナ曰く、救出（？）された彼らは、精神的なショックで病んだ兵士のそれとは、微妙に様子が違う、とのこと。

『そういう兵士って、多くは、怯えたり落ち着かない様子で……わずかな物音にも反応するようになったりするんですよ。後は、記憶に混濁《こんだく》が見られて、つじつまが合わない話をしたり……ひどいと、完全に壊れて……へらへら笑ってるばっかりになったり、ぼーっとして何も話さなくなっちゃったりするんですけど』

『……見た感じ、まさにそんな風に見えるけど？』

『ええ。でも……何か違う気がするんですよね。恐怖や精神的な衝撃からああなったにしては、全員意識が割としっかりしてますし……受け答えもはっきりしてます』

『……あれで？』

『比較的、ですけどね。何よりあの様子、前に別の場面で見たような……』

うーん、と顎に手を当てて考え込むナナ。

しかし、ナナがその記憶を探り当てる前に……向こうの方に動きがあった。

と、同時に……僕の肩に止まっているアルバが、そわそわし始めた。

……感じ取ったようだ。敵意、あるいは……殺気の類を。

あ、一人がギルドの職員につかみかかった。

他のもう一人が……おいおい、何か叫びながら、懐からナイフを取り出したよ。

どっちも、すぐにそばに控えてた冒険者に取り押さえられたけど。

けどそれをきっかけに、集団のうちの数人が立ち上がり……またわけのわからんことを口走りながら、持っていた剣やら短剣やら槍やらといった、武器を取り出した。

「やっぱりお前達も敵かぁ！」

「ちくしょう、悪魔どもめ、こんなところにまで……覚悟しろ……！」

「殺す、殺す、殺す、殺す、殺す、殺す……！」

「ひはははは、俺の剣を見ろてみよほォ――――‼」

……聞き取れはしたものの、ホントにわけがわからん。

最初見た時、様子がおかしい上にどことなく不気味な感じがして、狂ってるんじゃなかろうか、って失礼ながら思ったんだけど……これ、ホントに狂ってません？

特に最後の奴。言動・行動ともにやばいのはもちろん、呂律《ろれつ》が回ってないし……。

いきなり襲いかかってきたそいつら相手に、驚きつつも応戦して取り押さえようと冒険者達が動くけど、さっきとは人数が違うせいか、きっちり対処できているとは言いがたい。

何人も取り逃してるし、正気じゃない状態で攻めてくるせいだろう、攻撃の軌道とかがめちゃくちゃで読みづらいみたいだ。

そうしてる間に、取り逃した何人かがあちこちに散らばっていく……と、その時。

『……あ、思い出した』

そんな声が聞こえた。さっきから虚空と睨めっこしていた、ナナの口から。念話だけど。

『思い出した、ってーと？』

『ほら、さっき言った、あの連中の顔とか様子が、どこかで見覚えあるってアレですよ』

多分ですけど、と前置きしてナナは言った。

『違法薬物——覚醒剤《かくせいざい》の密売組織の摘発時だったと思います。禁断症状間近の中毒者が、まさにあんな感じでした』

『……マジで？』

『マジです。まあ、今言ったとおり、あくまで推測なんですけど』

そんなナナの報告を聞きながら、今一度ちらっと連中に目をやる。

全員——特に、暴れ出した連中は、どう見ても正気って感じには見えなくて、意味のわからんことをぎゃあぎゃあ口走りながら……涎《よだれ》とか鼻水とか垂れ流しだ。

しかも割と大量に。汚《きたな》っ。

しかもよく見ると……目の焦点が合ってなかったり、手や足が震えてたり……呼吸も荒くて浅いな。顔色も赤い奴に青い奴に白い奴に土気色の奴に……。

「……あれ全員、やばい薬キメてるってこと？」

「多分そうだと思います。この光景見て、確信が持てました」

「……あれ？　ナナ、出てきたの？」

さっきまで、念話越しだったはずの声が、直接耳に、やたらと近くから聞こえたのに気づいて、隣を見ると、ナナが出てきていた。

馬車の屋根の上に乗って、僕と同じ方を向き……その手には、こないだ僕が作った『新兵器』のひとつを持っていた。

「ちょうどいいです。コレ、試し撃ちさせてもらいましょう」

ほかの武器よりも完成が遅れた上、あまり使う機会がなくて使い慣れていない……と、前にナナが自分で言っていた武器『スナイパーライフル』。

短槍ほどもある長さのそれを、素人目には『慣れていない』とは思えないくらい迷いのない手つきで構え、銃口を獲物に向けてスコープを覗き込んでいる。

「……あ、私がやってもいいですか？」

「すでに銃身に魔力満タンまで充填した今になって確認するようなことでもないと思うんだけど……まあいいや。どうぞ、ご自由に」

「では、お言葉に甘えて」

……なんかこういう、ボケ的な立ち位置にナナが立つのって珍しいな。

なんてことを考えながら、僕が許可を出した直後。

ぱしゅっ、という乾いた音と共に、ナナが『スナイパーライフル』から放った魔力弾丸が、超高速で飛んでいき……剣を手に暴れ出した男達のうちの一人のこめかみに命中。

手加減していたらしく、そのまま真っ赤な花が咲くようなことはなかったものの……威力はそれなり以上だったらしい。

大きく吹っ飛んで、動かなくなった。

けど、死んではいないな。一撃でキレイに気絶したらしい。

そのまま立て続けに、ナナが次々に獲物を……暴れる男達を沈めていく。

一発も外さず、しかも全部ヘッドショット。

すごいな、ホントにプロのスナイパーみたいだ。

しかし、さすがに全員は無理だった。

位置的に狙いづらい位置にいたのであろう、何人かの敵が、散らばって他の馬車や人を襲おうとしているのが見える。

そのうちの数人がナナと僕に気づいて、こっちにかけて来た。

するとナナは、スナイパーライフルを収納すると同時に、手に『ワルサー』を出現させた。

――ドドドドドドドドド!!

怒濤《どとう》の勢いで放たれる魔力弾。それに貫かれ……襲いかかってきた四名中、三名があっという間に地に伏した。

残り一名は、運よく角度の問題で狙えなかったようだけど、そんなことは些細《ささい》な問題だ。

ちょっと体をひねるか乗り出すかするだけで、数秒後には同じ末路を……。

と思ったその時、ナナが突然動きを止める。

馬車の中から飛び出した赤い影が、すごい勢いで残りの一人に突っ込んだ。

バキィ！　という音と共に、男が地面に叩きつけられる。

その正面には……コレをやった下手人であるシェリーがいて、こっちに視線をやりながらぶーたれていた。

「ちょっとミナト君！　ナナも、バトるんなら声かけてよね！　ちょうど退屈してたんだから！」

暇潰し目的かい。ぶれないなーこのバトルジャンキーは、ホント。

「大丈夫ですよ。バトルじゃなくて作業ですから」

しれっとナナが物騒なことを言う。

まあ、事実だけどね。戦いになってないし。

ただ、動く的に魔力弾を当ててるだけの簡単なお仕事、って感じ。

「というか、何でナナってばいきなり飛び出したりなんかしたのよ……自分で言うのもなんだけど、こういう時に真っ先に動くのって立ち位置的に私でしょ？　ナナじゃなくて」

「立ち位置って……あ、でも確かに。ナナ、やけに早く出て来たよね」

シェリーの言うとおり……言われてみればだけど、ちょっと気になったな。

ナナってこういう時、まず様子を見て必要そうなら出てきて応戦する、っていうのがいつもの対応パターンだったはず。敵襲と聞いて嬉々として出てくるのはシェリーだ。

けど今回……何かやたら素早く出て来たな。

「軍人時代の経験上、ああいう連中は早く対処するのが定石というか習慣だった、とか？」

「それもなくはないんですけど……個人的にちょっと」

「個人的に？」

「ええ。……違法薬物、ってところで気に障ったというか、柄にもなく熱くなったというか……八つ当たりみたいなものなんですけどね」

そう言うナナの顔に……ほんのわずか、陰りが差したような気がした。

……？　何か、あったのかな？　過去に。

何というか……違法薬物とか、それがらみの犯罪に対して、よく思っていないというか……イラついてるように見える。

「大したことじゃないですし、過ぎたことですから、気にしなくていいですよ。それよりも……しぶといのがいますね」

ナナが見ている先を僕も目で追うと……お、ホントだ。

他の、暴れ出した連中は、ほとんどがすでに、冒険者や護衛の傭兵なんかによって取り押さえられているけど、二人ほど、うまく立ち回ってるのがいるな。

体術も割と切れがある上、魔法も使っている。

お仲間達と同じうつろな状態だけど、捕らえようとする冒険者をうまいことさばいたり、魔法を放って応戦してるあたり、なかなかやる。

……って、感心してる場合じゃないな。

ナナとシェリーが働いてるのに、自分だけ何もしないのもアレだ。ちょっくら働くか。

狙撃しようとするナナと、行こうか迷っているシェリーを手で制し、僕は拳を握る。

そして、弓を引き絞る感じでぐぐっと後ろに引いて……。

「──シッ！」

一気に、突く。

その直後。

――ズドォン!!

「ごはっ⁉」

うし、命中。

射線上にいた敵Aが、僕の、ちょっと特殊な正拳突きによって発生した衝撃波をみぞおちに食らい、体を『く』の字に折って飛んでいった。

斜め上から打ち込む形になったおかげで、地面に激突してからバウンドして転がっていった感じだったけど……数メートルほどぶっ飛んだところで止まり……気絶。

横では、ナナが「おぉ」と感心したような感じで見ていた。

「いつ見てもおっかない技ですねー……魔力弾と違って不可視の上、あれってミナトさんの拳の威力がほとんどそのまま衝撃波になって飛んでいくんでしょう？」

「そうだけど、その分ちと手加減が難しし……お？」

その時だった。

街道の脇に広がり始めていた森の中から……すごい勢いで人影が飛び出してきた。

そして、足を前に出してかかとで踏ん張るようにして、強引にブレーキをかける。ガガガガガッともものすごい音をさせ、石畳《いしだたみ》の地面を削りながら。

「ふー、ようやく追いついた……って、あら？　コレ……ギルドの馬車隊？」

そんなことを言いつつ、灰緑色の長い髪をかき上げたのは……背の高い女性だった。

猛ダッシュ（？）で乱れた髪をかき上げた下から出てきたのは、二十代前半くらいの整った顔。

すらっとした細身で、適度に出るとこが出ている……モデル体型、っていうのかな？

……とても今しがた、ブレーキの衝撃で石畳を破壊したとは思えない。見た目では。

しかし、それと同じくらい、あるいはそれ以上に気になったのが……彼女の服装だった。

（あれって……ギルドの制服？）

ついこないだ会った、リィンさんが着ていたのに似た、冒険者ギルドの職員の制服。

動きやすいように多少手が入っているみたいだけど、カラー的にもデザイン的にも、間違いなく同じ制服だった。

アレを着ているからにはギルドの職員さんなんだろうけど……なんだってそんな人が、人里から遠く離れた森の中から猛スピードで飛び出してくるんだ？

と、そんなことを考えていた時、僕らと同様に驚いて戸惑っていた、暴れていた敵の最後の一人が……その出てきた人めがけて駆け出した。手には、短剣。

あっ、もしかして人質に取る気か？

かなりアレな登場の仕方だったとはいえ……見た目は普通の女性だから、そう考えてもおかしくないだろう。大勢――冒険者や傭兵達を相手に戦っても不利だとわかれば、なおさらだ。

僕と同様、それに気づいたんであろうナナが、すぐさまスナイパーライフルを構えてその銃口をラス一の敵に向けた……と、思ったら。

「…………え？」

何かに気づいた様子のナナが、きょとんとして……続けて驚愕に、さらに困惑に、という感じで表情をころころと変えた。

え、何、どしたの？

「……え、うそ、いやそんなまさか……え、何で⁉」

一向に戻ってこないナナ。僕の声も聞こえていないっぽい。

そうこうしているうちに、もう女性とラス一敵との距離が十メートル切るくらいまで接近したので、やばいと思ってさっきと同じ技を出そうとして……気づいた。

悪漢に迫られている女性は……全く動じていない。

それどころか、迫ってくる男を見て、はぁ、とため息までついている。心底面倒そうに。

そして直後、とうとうその距離を詰め切った男が、ナイフを持っていない方の手で女性につかみかかろうとして……。

……それよりも早く懐に飛び込んできた女性にヤクザキックで蹴り飛ばされて、撃沈した。

「……ったく、こっちは忙しいってのに、面倒ごと増やしてくれちゃって……ん？」

ふと見上げた……って感じで、女性の視線がこっちに向いた瞬間、僕と目が合った。

そのまましばらく……といっても数秒程度だけど、見つめ合った後、女性はハッとする。

一度僕から視線を外し、周囲を見回し、そしてもう一度僕を見る。

「あらまー……こりゃすごい偶然ね。まさかこんなところで……」

「セレナ殿――!!」

おいおい、今度は何だ？

街道の向こう……というか、今まで僕らが進もうとしていた先から、馬に乗った騎士か軍人っぽい数人がやってきた。

しかもアレ……ひょっとして、ネスティア王国軍の騎馬じゃない？　よく見ると……馬具に、見覚えのある紋章？　みたいなのがついてんだけど。

と、そこまで思ったところで……突然、僕の隣で、さっきまで唖然としてたナナが再起動して、馬車の屋根から飛び降りた。

そして、なぜか……森から出てきた美女のところにかけていく。

さっきからの態度と合わせてちょっと気になったので、僕もその後を追いかける。

馬で走ってきた軍人（多分）さん達と、僕とナナの二人が、ほぼ同時にその女性のところに到着すると……困惑してか、うまく言葉が出てこない様子のナナよりも早く、馬に乗っていた軍人さんが口を開いた。

階級章を見ると……そこそこえらい感じ、かな？

「セ、セレナ殿……い、いくら何でも、お一人で突出しすぎです！　いくらあなたでも……というか、せっかく馬をご用意しましたのに、何で乗り捨てて……」

「しょーがないじゃない、ちんたらしてたら逃げられるかもしれないんだから。馬より走った方が早いんだもん、そりゃ本気出したらいらなくなるでしょ」

「そんな無茶苦茶な……そうだとしても、今申し上げましたが、お一人で突出なさって、万が一のことがあったらどうするのですか！　我々は、無事にあなたを冒険者ギルドにお届けすることを、ドレーク総帥より……」

「おバカ、あんなもん、私を軍の馬車に乗せるための方便に決まってんでしょうが。そういう偉そうなことは、訓練で私から一本でも取ってからお言い」

そう、ぴしゃりと言った女性――セレナさんは、ため息をひとつついた。

「わかったらほら、さっさと捕縛《ほばく》始める！　仕事でしょ！　全くもう。ＯＧ権限で馬車に間借りして移動するつもりが、緊急で入った仕事の手伝いなんかする羽目になるとはね……まあでも、そのおかげで……」

「あ、あの……」

と、ここでナナが、恐る恐る……って感じに口を開く。

それに「ん？」と女性がこっちを見た。

「え、と……ま、間違っていたらその、申し訳ありません……もしかしてその……セ、セレナ・バース様、でありますでしょうか？」

「？　そうだけど、私のこと知って……ん？　あなた、ひょっとして……」

「ナナ、知ってる人？」

エルクが聞くと、ナナは興奮気味にこくりと頷いた。

「え、ええ。知ってるも何も、というか……」

「あー！　思い出した、あなた確か……シェリンクス家の！　何年か前に騎士団で！」

「はっ、はい！　覚えていていただけて光栄です、セレナ隊長！」

――隊、長？


隊長。何年か前。騎士団。

元軍人であるナナと関連して、こういうワードが出てくるってことは……この女性はすなわち、軍関係者なのであろうということは、容易に想像できた。

かつてナナと、その『隊長』という立場で関わりがあったのだ、とも。

というか、軍の人達から敬語で話しかけられてる時点で、そのへんは明らかだけども。

そしてその予想は、ナナがきっちり説明して答え合わせをしてくれた。

この人の素性と共に。

森から飛び出してきたこのお姉さん……名前はセレナ・バース。

種族はハーフエルフ。

元・ネスティア王国軍『中将』の地位にあった退役軍人。

見た目通りの年齢ではなく、もう百年以上の時を生きている。

だいぶ前に軍を引退している身だが、時々今の軍部に助っ人として呼ばれて、将来有望な若手軍人の稽古をつけるなど面倒を見ているらしい。

ナナもその時にお世話になった、教え子の一人だそうだ。

臨時雇いみたいな形で一時的に軍に復帰し、騎士団の一部隊を指導していた時、ナナもそこにいたんだとか。

出来のいい生徒だった、ってことで、セレナさんの方もそれを覚えていた。

……あらためて見てみると……確かに、どことなく只者じゃない雰囲気、みたいなのは感じる。

口調や態度からわかる軽い感じの性格の中にも漂っている、確かな実力に裏打ちされた特有の気配みたいなもの。

ブルース兄さんやノエル姉さん、ドレーク兄さんなんかを前にした時にも感じたそれを……目の前のこの女性も持っていた。

しかし問題は、その元中将さんが……なぜ、冒険者ギルドの制服を着ているのか、だ。

制服を着てるってことは、その組織の一員だってことなんだろうけど……軍を退役した後、ギルドに再就職したってことか？

また何というか、おかしな経歴だな。

さっきの話を聞いた限りだと、どうやら昔のよしみで、移動する軍の馬車についでに乗せてもらっていたらしい。

すごいなそれ。軍の馬車をタクシー代わりに使ってるのか。

なおその馬車は、後から追いついて合流してきた。

まあ、馬単体よりも遅いから仕方ないだろう。

しかし、それ以上に驚かされたのは……このセレナさんが、軍の馬車に乗ってどこを、何のために目指していたのか……ってところだった。

「せ、セレナ隊長が……ミナトさんの『担当』に⁉」

「そ。ギルマスのアイリーンさんからの命令でね。あと、『元』隊長でしょ、ナナちゃん」

出発前、リィンさんが言っていた、僕のもう一人の『担当』。それがセレナさんだという。

どうやらセレナさん、軍の馬車で『ウォルカ』を目指していたらしい。

そしてギルド本部で、諸々の手続きや僕との顔合わせを済ませる予定だった。

しかし予想外に、その道中であるここで僕に会ってしまった。

「そして今まさに依頼に向かうところなので、このまま僕らについていくと……って、マジ？」

「マジよ。一応担当なんだし、仕事はおろそかにしちゃだめでしょ。それに……」

「でも、まだ手続きとか諸々済んでないんじゃ？」

「そんなんに引っ張られて、必要な仕事をこなせないほうが問題よ。アイリーンさんとかその他には……事後報告で何とかなるでしょ」

そんなもんらしい。

ちなみに、一応セレナさんが事前にもらってるっていう辞令を見せてもらった。

ナナやエルク、ザリーにも頼んで確認してもらったところ、本物に間違いないそうだ。

それなら、まあ……急ではあるものの、ついてきてもらってもいいか。仕事らしいし。

と、僕が納得したところで……それに、と、セレナさんが再び口を開いた。

「私さ、考えるよりまず行動する派なのよね、どっちかっていうと」

「はあ……それで？」

「ぶっちゃけ、普通にギルドの部屋とかで座って話すより、『現地』の担当としては、実際に一緒にクエストのひとつも受けてみた方が、互いのことがよくわかると思うのよ。だからむしろ、あんたと交流を深める上では、この機会はもってこいってわけ。ドレーク兄さんやアクィラ姉さんからも聞いて知ってるしね、かなり癖《くせ》のある問題児だって」

「あの、問題児ってそんな…………うん？」

…………ちょっと待って？

え、今、説明文の中にさりげなく爆弾発言混じらなかった？

具体的には……二ケ所ほど、ある固有名詞の後に、看過できない言葉がくっついたよね？

ドレーク兄さんとアクィラ姉さんの名前の後に……。

え、ってことは……セレナさんって、まさか、僕の……？

「……姉、さん、なの？」

「惜しい、ちょっと違う。私の場合は……上に『義』がつくのよ」

そして直後に、セレナさんから放たれた言葉により……僕は、その意味を理解した。

「最近まであんた、王都にいたのよね？　そこで、墓参りしなかった？　墓石に名前が刻まれてた人の名前、六人分……思い出してみ？」

そういわれて、頭の中で『えーと……』と記憶を探っていて……ある名前を思い出した。

「ゴート・バース……」

王都の墓地で見た名前。もうすでにこの世を去っている、僕の兄の一人。

そして、今目の前にいる女性の名は……セレナ・バース。

つまり……。

「そ。ゴートは私の夫……私は彼と結婚して、『キャドリーユ家』に嫁入りした女。つまり私は……あなたの『義姉』ってわけ」

唖然とする僕やナナの前で、彼女はそう言って、にかっと笑った。

これからの冒険者人生で、『担当』として幾多の困難をともに乗り越える——というか、時に振り回し、時に振り回される関係となる、セレナ義姉さんとの初めての出会いだった。

Re:Monster
ゲームアプリ解放《リリース》中!!
50万
ダウンロード
突破!
※2016年10月31日時点
App Store無料
ランキング(ゲームカテゴリ)
2位!
※2016年2月25日時点
Google Play™国内アプリ
新着無料ランキング
3位!
※2016年2月26日時点
「大戦」機能完全リニューアル!
20vs20の大型イベント定期開催中!
喰えば喰うほど強くなるRPG!
Re:Monster
リ・モンスター
〜ゴブリン転生記〜
書き下ろし
マンガも
公開中じゃよ
詳しくは
http://remonster.jp/
にアクセス!
【Android】Google Play
【iOS】App Store
で好評配信中!
携帯サイトはこちらから!
©Kogitsune Kanekiru ©AlphaPolis Co., Ltd.

とあるおっさんのVRMMO活動記
PCオンラインゲーム
絶賛サービス中!
ワンモア・フリーライフ・オンライン
とあるおっさんのオンライン活動記
上級クラス実装で新たな展開へ!
キャラクター固有のスキルを自由に組み合わせ、
自分だけのコンビネーションを繰り出そう!
詳しくは http://omf-game.alphapolis.co.jp/ へアクセス!
©2000-2016 AlphaPolis Co.,Ltd. All Rights Reserved.

◉各定価：本体1200円＋税

◉Illustration：三弥カズトモ

西《にし》 和尚《おしょう》
山形県出身。ファンタジー作品をこよなく愛する。趣味の読書に興じるうちに執筆を決意し、『小説家になろう』にて小説の連載を開始。多数のユーザーから支持を集め、2014年『魔拳のデイドリーマー』で作家デビュー。

イラスト：Tea
http://nakenashi.net/

本書は、「小説家になろう」（http://syosetu.com/）に掲載されていたものを、改稿のうえ書籍化したものです。

魔拳《まけん》のデイドリーマー9

西 和尚

2017年 1月 3日初版発行

編集－宮本剛・太田鉄平
編集長－塙綾子
発行者－梶本雄介
発行所－株式会社アルファポリス
〒150-6005東京都渋谷区恵比寿4-20-3恵比寿ガーデンプレイスタワー5F
TEL 03-6277-1601（営業）03-6277-1602（編集）
URL http://www.alphapolis.co.jp/
発売元－株式会社星雲社
〒112-0005東京都文京区水道1-3-30
TEL 03-3868-3275
装丁・本文イラスト－Tea
装丁デザイン－下元亮司
印刷－大日本印刷株式会社

価格はカバーに表示されてあります。
落丁乱丁の場合はアルファポリスまでご連絡ください。
送料は小社負担でお取り替えします。

ISBN978-4-434-22804-9 C0093